与
美
同
栖

小银和我

[西班牙] 胡安·拉蒙·希梅内斯 著

单天翼 译

国际文化出版公司
·北京·

图书在版编目（CIP）数据

小银和我 ／（西）胡安·拉蒙·希梅内斯著；单天翼译.－－北京：国际文化出版公司，2021.11
ISBN 978－7－5125－1326－6

Ⅰ.①小… Ⅱ.①胡… ②单… Ⅲ.①散文诗－诗集－西班牙－现代 Ⅳ.①I551.25

中国版本图书馆 CIP 数据核字（2021）第 147205 号

小银和我

作　　者	［西班牙］胡安·拉蒙·希梅内斯
译　　者	单天翼
统筹监制	文　钊　雷　格
策划编辑	文　雯
责任编辑	戴　婕
特约编辑	卢倩倩
封面设计	今亮後聲 HOPESOUND 2580590616@qq.com·赵晓冉
出版发行	国际文化出版公司
经　　销	全国新华书店
印　　刷	北京晨旭印刷厂
开　　本	787 毫米 × 1092 毫米　32 开 10.5 印张　　　　　　154 千字
版　　次	2021 年 11 月第 1 版 2021 年 11 月第 1 次印刷
书　　号	ISBN 978－7－5125－1326－6
定　　价	45.00 元

国际文化出版公司
北京朝阳区东土城路乙 9 号　　邮编：100013
总编室：(010) 64271551　　　传真：(010) 64271578
销售热线：(010) 64271187
传真：(010) 64271187－800
E-mail：icpc@95777.sina.net

为了纪念阿格迪亚,那个住在太阳街,会给我送桑葚和康乃馨的小疯子。

译者序

"快乐和痛苦是孪生子,就像小银的一对耳朵。"

《小银和我》自面世以来便广受各国读者喜爱,原文由西班牙语书写,被译成多国文字,且几经再版。书中文章篇幅短小精悍,文字书写简洁流畅,对孩子们有很大的吸引力,成为一代又一代人的童年读物。然而作者却在序言中指明,这本书绝不是,或说绝不仅是写给孩子们的,"因为我相信:孩子们能读懂成年人所读的书"。

作者与他的伙伴,一头叫作小银的小毛驴或徜徉在莫格尔的街头巷尾,或去清新怡人的郊外嬉戏,留下了不少快乐的回忆,然而这些快乐却又仿佛暗藏玄机。就像美丽的果园中闯入的病犬,鲜美的面包与一墙之隔孩子的哭喊并存。事实上,书中的许多章节暗藏着作者内心的孤独与对社会的批判,值得反复品味其中的内涵。正像作者反复强调的,快乐与痛苦是孪生子,我们也不应单纯地将任何一种情绪撇下不谈。

胡安·拉蒙·希梅内斯（Juan Ramón Jiménez，1881—1958），西班牙著名作家，生于安达卢西亚自治区下一个名为莫格尔的市镇，其父母是成功的葡萄酒商。1896年他来到塞维利亚，以画家为职业，同时经常光顾当地的图书馆，并开始了散文与诗歌的最初写作。1900年他搬到了马德里，并在鲁文·达里奥（Rubén Darío）的帮助下出版了第一本诗集《紫罗兰的灵魂》。

1905年至1912年之间，希梅内斯在他的出生地莫格尔度过，在那里他完成了《纯粹的挽歌》等诗集，其早期诗歌受到德国浪漫主义和法国象征主义影响，具有强烈的视觉效果。而他后期正式的禁欲主义风格则出现于《小银和我》（1914），并在《一个新婚诗人的日记》（1917）中得到进一步发展。

20世纪20年代，希梅内斯以文学杂志的评论家和编辑等身份活跃在众人视野中，直到1930年退休，回到塞维利亚。6年后，由于西班牙内战，他离开西班牙前往古巴。此后在美洲辗转，1951年定居于波多黎各直到去世。

在这些年中，希梅内斯在多所大学任教，同时笔耕不辍，陆续出版了多本诗集、散文集，包括《三个世界的西班牙人》

(1942)、《深奥的动物》(1945)等。因《悲情咏叹调》，希梅内斯于1956年获得诺贝尔文学奖。《小银和我》则是其作品中最广为人知的一部。

《小银和我》于1914年第一次出版，并在1917年发布了142页的完整版。作者在创作时没有根据某种顺序书写，而是把自己对于莫格尔的印象与感受等碎片式的记忆拼接在一起，这也使得这本书读起来像是一本日记——只有那些最有趣的事件、想法和感受被详细地记录了下来。它虽然具有自传的性质，却又略有不同，更像是作者从各种回忆中整理出来的故事集。

希梅内斯擅长构建意象，在他的笔下，我们仿佛亲眼看到远山的古堡、林边的小溪，亲身参与热闹的庆典，漫步在雨后的街巷。他同样擅长勾画人与物，只需寥寥数语，一个个鲜活的生命便跃然纸上。

这本小书如同一股清新自然之风，将我们吹回了百年前的西班牙。让我们从诗人的视角出发，与一只小毛驴做伴，慢慢悠悠地踏上前往神秘而古老的安达卢西亚的旅途吧！

单天翼

序言

    人们通常认为我写《小银和我》是为了孩子们，认为这是一本给小朋友们阅读的书。

    然而事实并非如此。那还是在1913年。《读书报》编辑部同人知道我在写这本书，于是让我为《青年文丛》供稿，具体做法是：把其中抒情意味最浓厚的那部分，交由他们刊出。有鉴于此，我在刹那间改变了最初的想法，写下了这样的序言：

    "提醒那些给孩子们读这本书的人们，请你们注意：在这本篇幅不长的小书里，快乐和痛苦是孪生子，像是小银的一对耳朵。我写这本书是为……我哪知道是为了谁?!……为了阅读我们这些抒情诗人作品的人们，我写下抒发情感的文字……现在它要被拿去供孩子们阅读了，你们可得明白：我是既不会增补，也不会删节的。这样最好不过了！

诺瓦利斯说:"无论何时,只要有孩子,就会开启一个黄金时代。"就是这个黄金时代,这个从天而降的精神岛屿,诗人们在心里为之神往。在这里诗人们能优哉游哉,找到乐趣。所以,在这座精神之岛上永远占有一席之地,而毋需离开,就成了诗人们至高的奢望。

幽雅、清新、幸福之岛,孩子们的黄金时代;我找到了我生活中永远激荡翻腾的海洋,有时你的微风把竖琴上流动的旋律送给我,那颤音犹如云雀的啼鸣,但有时却没有任何含义。总之,它像黎明时明净的朝晖!

我从来没有,亦将不会为孩子们写任何东西,因为我相信:孩子们能读懂成年人所读的书,当然我们也可以预见,有一些书应该被摈弃于此范围之外。另外,专门供男人们或女人们阅读的那些书籍也应该被剔除,等等,诸如此类。

目录

第 一 章　小银 / 001

第 二 章　白蝴蝶 / 003

第 三 章　黄昏的游戏 / 005

第 四 章　日食 / 008

第 五 章　寒战 / 010

第 六 章　小学 / 012

第 七 章　疯子 / 014

第 八 章　犹大 / 016

第 九 章　无花果 / 018

第 十 章　祷告 / 021

第十一章　后事 / 023

第十二章　刺 / 025

第十三章　燕子 / 026

第十四章　栏厩 / 028

第十五章　被阉割的小马驹 / 030

第十六章　街对面的房子 / 034

第十七章　傻孩子 / 036

第十八章　幽灵 / 038

第十九章　红色风景 / 041

第二十章　鹦鹉 / 043

第二十一章　平坦的屋顶 / 046

第二十二章　归来 / 048

第二十三章　铁栅栏门 / 050

第二十四章　堂·何塞神父 / 052

第二十五章　春天 / 055

第二十六章　蓄水窖 / 057

第二十七章　癞皮狗 / 060

第二十八章　水潭 / 062

第二十九章　四月诗情 / 065

第三十章　飞走的金丝雀 / 067

第三十一章　魔鬼 / 069

第三十二章　自由 / 072

第三十三章　未婚妻 / 074

第三十四章　水蛭 / 077

第三十五章　三个老妇人 / 079

第三十六章　小拖车 / 081

第三十七章　面包 / 083

第三十八章　阿格莱亚 / 085

第三十九章　柯罗纳的松树 / 088

第四十章　达尔朋 / 090

第四十一章　孩子与水 / 093

第四十二章　友谊 / 095

第四十三章　催眠的姑娘 / 097

第四十四章　庭院里的树 / 099

第四十五章　患痨病的姑娘 / 101

第四十六章　罗西欧节 / 103

第四十七章　龙沙 / 106

第四十八章　拉洋片的老头 / 109

第四十九章　路边的花朵 / 112

第五十章　洛德 / 114

第五十一章　井 / 117

第五十二章　杏子 / 119

第五十三章　踢上了一脚 / 123

第五十四章　"驴"这个字 / 126

第五十五章　耶稣圣体节 / 128

第五十六章　散步 / 131

第五十七章　斗鸡 / 133

第五十八章　黄昏 / 136

第五十九章　印章 / 138

第六十章　狗妈妈 / 141

第六十一章　她和我们 / 143

第六十二章　麻雀 / 145

第六十三章　镇长弗拉斯科·贝莱斯 / 148

第六十四章　夏天 / 150

第六十五章　山中的火 / 152

第六十六章　溪流 / 155

第六十七章　星期天 / 157

第六十八章　蟋蟀的歌声 / 159

第六十九章　斗牛 / 162

第七十章　暴风雨 / 165

第七十一章　采摘葡萄 / 167

第七十二章　夜 / 170

第七十三章　萨里托 / 172

第七十四章　午休以后 / 174

第七十五章　焰火 / 176

第七十六章　围起来的果园 / 178

第七十七章　月亮 / 181

第七十八章　快乐 / 183

第七十九章　雁群飞过 / 185

第八十章　小女孩 / 186

第八十一章　牧童 / 188

第八十二章　金丝雀死了 / 190

第八十三章　山冈 / 193

第八十四章　秋天 / 195

第八十五章　拴住的狗 / 196

第八十六章　希腊乌龟 / 198

第八十七章　十月傍晚 / 201

第八十八章　安东尼娅 / 202

第八十九章　一串被遗忘的葡萄 / 205

第九十章　"海军司令" / 207

第九十一章　书页上的花饰 / 209

第九十二章　鱼鳞 / 211

第九十三章　皮尼托 / 213

第九十四章　河流 / 216

第九十五章　石榴 / 219

第九十六章　古老的公墓 / 222

第九十七章　利皮亚尼 / 224

第九十八章　城堡 / 226

第九十九章　斗牛场的残垣断壁 / 228

第一百章　回声 / 230

第一百〇一章　虚惊一场 / 233

第一百〇二章　古老的泉水 / 235

第一百〇三章　路 / 238

第一百〇四章　松子 / 240

第一百〇五章　逃亡路上的公牛 / 243

第一百〇六章　十一月的诗情 / 246

第一百〇七章　白马 / 248

第一百〇八章　闹新婚 / 250

第一百〇九章　吉卜赛人 / 252

第一百一十章　火焰 / 254

第一百一十一章　休养 / 256

第一百一十二章　衰老的驴子 / 258

第一百一十三章　黎明 / 261

第一百一十四章　小花 / 263

第一百一十五章　圣诞节 / 265

第一百一十六章　里贝拉街 / 267

第一百一十七章　冬天 / 269

第一百一十八章　驴奶 / 271

第一百一十九章　纯洁之夜 / 274

第一百二十章　欧芹冠冕 / 275

第一百二十一章　三王节 / 278

第一百二十二章　金山 / 281

第一百二十三章　美酒 / 283

第一百二十四章　寓言 / 285

第一百二十五章　狂欢节 / 288

第一百二十六章　莱昂 / 290

第一百二十七章　风车磨坊 / 293

第一百二十八章　塔楼 / 296

第一百二十九章　沙贩子的驴 / 298

第一百三十章　小曲 / 299

第一百三十一章　辞别人世 / 301

第一百三十二章　怀念 / 303

第一百三十三章　小木驴 / 305

第一百三十四章　忧郁 / 306

第一百三十五章　献给在莫格尔天上的小银 / 308

第一百三十六章　用硬纸板做的小银 / 310

第一百三十七章　献给在泥土里的小银 / 312

《小银和我》文学大事记 / 315

第一章

小银

小银毛茸茸的,身量小巧,全身柔软得仿佛一腔纯净的棉絮,好像根本没有骨头支撑似的。只有那双镜面一样的眼眸,才坚硬得像两颗明净而精美的黑宝石。

我松开了束缚它的缰绳,它就立刻自己走向草地,心不在焉地用鼻子轻轻拂过那些玫瑰红色、天蓝色和金黄色的小花,去嗅嗅那些花朵的香味……我温柔地呼唤它:"小银在吗?"一旦听到这话,它就步履轻盈地向我一路小跑而来,同时带着心满意足的惬意笑容。我不知道为何它就像一只小小的风铃在姿态娴雅地轻轻摇晃……

我什么东西都给它吃。可是它最喜欢吃的是黄澄澄的蜜橘,像琥珀一样晶莹剔透的葡萄和紫色的无花果,还有那些由渗出的果汁所凝结而成的、一粒粒鲜艳欲滴的蜜露……

我对它亲昵的态度和娇惯的做法，使得它如同一个宠儿，确切说，更像一颗值得珍惜的掌上明珠……然而，它的内心却像石头一样坚硬刚强。

每逢星期天，当我骑着它穿过村子里僻静简陋的小巷时，那些衣着整洁、悠闲自在的乡下人，都紧盯着它看并脱口而出："真英勇啊！"

真不赖啊！月亮一般的银白纯洁和钢铁一样的坚毅刚强，两者兼备。

第二章

白蝴蝶

暮霭朦胧，呈现出深紫色，夜晚降临了。教堂钟楼背后，总是隐隐约约泛着锦葵一般紫绿色的模糊天光。路面越来越高，人影散乱交错，钟声不绝于耳。此外，香气、牧草、歌曲、倦意和欲望充塞弥漫于天地之间。一间寒酸简陋的小茅屋隐藏在众多用来装煤炭的麻袋之间。突然，茅屋中冷不丁冒出一个肤色黝黑的男子，他头戴便帽，手握一根钢钎。随着燃着的烟头上的红光忽明忽灭，黝黑男子那张丑陋的脸也随之忽亮忽暗，顿时把小银吓得魂飞魄散。

"看看是些啥东西？"

"您看吧……是好多好多洁白无比的蝴蝶呀……"

在那个人想用钢钎去捅捅驮筐的时候，我想，我根本无须害怕，绝对用不着回避。于是我打开鞍囊，没想到他粗粗一看之后，就啥也不查了。就这样，精神食粮便自由自在、不费吹灰之力通过了关卡,根本没有向那人缴纳什么赋税……

◇ 第三章 ◇

黄昏的游戏

冻得瑟瑟发抖的小银和我行走在傍晚时分的村庄里,我们穿过笼罩在深紫色昏暗阴影中的穷街陋巷,去往那条已经干涸的小溪。与此同时,一群穷人家的孩子正在玩一种老套的游戏:他们装出一副乞丐的模样,作势吓唬人。一个孩子把袋子往头上套,另一个人说他看不见,其他孩子就装成腿跛……

然后,这些性情不安分的孩子,仅仅是因为勉强有衣服和鞋子穿,勉强吃到了只有他们的母亲才知道从哪里得来的东西,他们便相信自己已经贵为王子了。

"我爸爸有一块银表。"

"我爸爸有一匹马。"

"我爸爸有杆猎枪。"

那是唤醒黎明的银表,无法消灭的猎枪和带来穷困的马儿……

过了一会儿，他们围成一个圈子。在茫茫夜色中，有一个说话口音与众不同的陌生女孩，是从外地来的，她是巴哈罗·贝尔德的外甥女，她的声音细微，活像背光的阴影里一注澄澈的清泉，她以傲人的语调叙述并歌唱，如同一位高傲的公主：

我是一个小寡妇啊，
雷奥伯爵的小寡妇。❶

……唉，是的！唱吧，梦想吧，可怜的孩子们！很快，在你们的青春露出曙光并普照天际的时候，春天

---

❶ 西班牙语童谣，有不同的版本，大概讲的是雷奥伯爵的寡妇在花园里选花。

就会戴上冬天的假面具来作势吓唬你们,像刚才孩子们扮演的乞丐一样,把你们唬得一愣一愣的。

"我们走吧,小银……"

○ 第四章 ○

日食

我们漫不经心地把手插进了衣袋,感觉阴影像一对无形的翅膀正在扇动不停,它扇起的凉风轻柔地掠过前额,如同我们漫不经心走进了一片茂密的松林。母鸡一只接一只地回到供它们栖息的梯舍里。四围田野的绿色越变越暗,仿佛深紫色的帷幔将大祭坛遮盖得严严实实。

目力所及之处的大海呈现出一片白色,几颗星星闪着暗淡的微光,映入眼帘。平顶屋从明亮的色调转变为阴暗的色调,各种不同层次的白色不断轮替,交相辉映!人们聚拢在屋顶之上,时而用风趣的语言逗乐,时而用污言秽语吵闹着,在日食所带来的寂静和昏暗中,他们显得极为渺小。

我们通过一切可能的方式来看太阳:专门观赏戏剧的望远镜、长筒望远镜、深色的酒瓶、被烟熏黑的玻璃片；我们从各个地方看太阳：凸出的窗口、庭院中的楼梯、谷仓的通风口、院子铁门上镶嵌着的玻璃后面，这些玻璃有的是天蓝色，有的是石榴红……

当太阳即将隐没的时候，在灿若锦绣的金光映衬下，太阳那辉煌壮丽的景象两倍、三倍、成百倍地提升。在缺乏漫长的暮色过渡时间的情况下，太阳显得无比孤苦无依、单调贫乏，仿佛先把黄金变成了白银，然后又把白银变成了铜。整个村庄就像一枚生锈的小钱，面额小到极致，无从兑换。街道、广场、钟楼、山路，显得多么凄凉，多么渺小啊！

在栏厩里的小银，看起来也不太真实，它与往常不同了，变得更小了，就好像是另一头驴……

第五章

寒战

月亮跟着我们四处走动,又大又圆,而且月色皎洁。在给人带来蒙眬睡意的草地上,黑山羊和黑色的草莓果混在一堆儿,着实让人难以分辨清楚……有人不声不响地藏在我们前进的路旁……篱笆边,一棵高大的杏树,开满了粉白的杏花,枝头挂满了月光,交相辉映。月光和花影混搭在一起,袅袅婷婷,像一朵白云一般婀娜多姿,轻轻柔柔地庇护着道路,这路已经被三月里星辰发出的寒光刺得伤痕累累……浓郁的橘子气味扑面而来……空气湿润,一片安静祥和……啊!女巫的溪谷近在眼前……

"小银,这多……冷啊!"

不知道是因为我还是它自身感到胆怯,小银一溜小跑着踏进了小溪,一下子就把月亮踩了个粉碎。顿时,水面波光粼粼,打起了皱儿的溪流像一面用无数晶莹剔透的玫瑰编织成的网,伸展开来,想要去搜捕小银的碎步……

小银沿着上坡道一路疾走,后臀一耸一耸的,仿佛有人正在后面撵它一样,虽然已经感到逐渐临近的村寨透出微微暖意,却仿佛这最后一段旅途总也走不完,永远到不了目的地似的……

◇ 第六章 ◇

小学

　　小银,如果你和其他孩子一起去上小学,那么你会学习a、b、c等字母,还能学会写字、画杠杠。你会和那头蜡做的小毛驴懂得的知识一样多——那就是待在玻璃缸的绿水中,呈现玫瑰色、肉色和金色,头上戴着布做的花环的小毛驴,那位美人鱼的朋友。小银,你会知道得比巴罗镇上的医生和神父还多。

　　虽然你还不到四岁,但已经长得这么高大强壮,更有甚者,你还有点儿不守规范、不讲礼貌的样子!要什么尺寸的椅子才能和你的身量匹配?要什么样的桌子才能让你安心写字?要什么样的练习册和笔才能适合你使用?在教堂里人们唱赞美诗的时候,唱经班里哪一处的位置应该留出来给你,以便你能站着唱呢?你说呀!

　　不,你可别去呀!多米蒂拉女士——那个和鱼贩子雷耶斯一样,穿着和拿撒勒人耶稣一样的紫色袍子,腰围黄色绳子的婆娘——或许会罚你在长着香蕉树的庭院中某个犄角旮旯里跪上个把钟头,说不定会用一根长长的芦苇把你的掌心打个稀巴烂,也有可能会把你的午餐——甜丝丝的糕点据为己有、吃个精光,甚至会把燃着了火的纸塞在你的尾巴底下,然后吓得你耳朵滚烫发红,总之会把你弄得像个农夫的儿子一样,在即将到来的一顿暴揍怒骂面前灰头土脸……

不,小银,你还是别去那里了。你跟我来吧。让我来教你如何辨认繁花和星星。他们不会像嘲笑一个傻子一样来轻贱你,他们也不会给你带上那个纸糊的帽子,那纸糊的帽子被他们蔑称为"蠢驴",帽子上糊的耳朵是你耳朵的两倍大,此外帽子上用靛蓝和赭红画的特大号眼睛,就像那些船只上画的眼睛一样。

○ 第七章 ○

疯子

我一定是以一副奇怪的打扮出现在世人面前的：骑在灰色的小银那柔软的背上，穿着一袭黑衣，胡子拉碴，戴着黑色小帽。

我穿过几条街，往葡萄园去，在绚丽的阳光照耀下，粉墙更加白得刺眼，一群吉卜赛孩子皮肤油腻锃亮，蓬头垢面，破烂的花衣裳下露出了被烤得紧绷绷的肚皮。他们追着我们一路跑，用拖长了声调的嗓音叫唤：

"疯子！疯子！疯子！"

……绿油油的一片田野展现在眼前。高远的天空一望无垠，湛蓝明净，犹如一片熊熊燃烧的烈焰。我大大地睁着双眼，带着内心的静谧接受这难以名状的寂寥，接受这端居于地平线之上那浩瀚、神圣并且和谐的晴空。

在远处,在高高的打谷场那边,依然断断续续地传来模糊细微又嘶哑无力的喊声:

"那个疯……子!疯……子!"

第八章

犹大

别害怕,伙计!怎么了?我们走吧,你这个小乖仔,他们在处决犹大,真够傻的。是的。他们在枪毙犹大。有一个放在蒙图里奥,另一个在中央街,还有一个在那里,放置在市府井,我昨晚就早早见识过啦!从顶楼垂挂到阳台的绳子,在夜晚的黑暗中不易让人瞧见,就像被一种超自然的力量固定在半空中一样。在寂静无声的星空下,破旧的大礼帽和女人的袖子,高官显宦的面具和衬裙,构成了无比怪诞的大杂烩!那些狗前前后后转来转去,向他们吠叫,而那些多疑的马儿也不想从他们身下经过……

现在钟开腔说起了话。"小银,"它说道,"大祭坛的帷幔已经裂开了口子。"我想,到目前为止,村里所有的猎枪应该都已经朝犹大开过火了,火药的气味一直传到我们这里,一声枪响!接着又一枪!

……不过在眼下，小银啊，犹大就是议员，或是女教师，或是验尸官，或是税吏，或是市长，或是助产士。在这神圣的周六清晨，人们像孩子那样把枪口朝向他们深恶痛绝的人，在春天的荒谬演习里，怯生生地开枪射击。

◇ 第九章 ◇

无花果

阴冷刺骨的黎明,朝雾蒙蒙,但对无花果来说却是个好天气,正当其时。六点钟,我们就动身去拉里卡吃无花果。

在那些粗大的百年无花果树下,在令人生发寒意的浓密树荫下,灰色的树干彼此盘绕,真像是夜幕中人们裙子下面伸出的肥肥胖胖的大腿,一副懒洋洋的劲头儿;那些肥厚的阔叶——正是亚当和夏娃曾经穿过、用来遮羞的叶子——珍藏着细密的露珠,这些露水形成的水帘继而交织成薄纱似的水雾,使得叶子表面原本的柔媚绿色渐渐发白。透过一丛又一丛低垂着的翡翠一般的绿叶,人们可以看得见那东升的朝阳,把东方天边的无色纱幕,愈加鲜活地一层层染上粉红。

……我们疯狂地跑着,看谁能第一个跑遍当地所有的无花果果树。伴随着一阵阵欢笑声,罗西约和我跑得气喘吁吁、心跳不止,碰到了第一片叶子。"你摸这里。"她把我的手按在她胸口,她充满青春气息的胸膛上下起伏,如同细小的波浪回旋不止。矮胖的阿黛拉根本跑不动,只能在远处生闷气。为了不让小银感觉受到怠慢,我摘下熟透了的无花果,果子连着枝、带着叶一大堆,我把它们放在一弯低矮的老葡萄藤上,送给小银。

阿黛拉对自己行动笨拙感到无比懊恼,她虽然嘴角挂笑,但是眼里却满含泪珠,开始将无花果向我们砸来。一颗无花果撞到了我的前额。于是,罗西约和我也回击她。无花果在尖叫声中纷纷落下,我们的眼睛、鼻子、胳膊、脊背挨到的无花果,比吃到嘴里的果实还多。那些打偏了的果子一股脑儿都落在黎明时分让人感觉清凉的葡萄园中。有一颗无花果打中了小银,而它随即成为被疯狂投掷的目标。小银着实可怜巴巴，它既不会反唇相讥，也不会奋起反击，于是我便加入到它的阵营，开始了反击。一阵青绿色的豪雨掠过清凉的空气，从四面八方袭来，好似枪管里射出的霰弹，速度飞快。

笑声比以往更响亮了，其中掺杂着疲惫之态和懊丧情绪，阿黛拉娇羞地瘫倒在地，宣布投降。

◇ 第十章 ◇

祷告

看呀,小银,玫瑰花瓣从四处纷纷落下:蓝玫瑰、白玫瑰、无色的玫瑰……你会说天空融化成玫瑰花雨啦。你快看哦,玫瑰花瓣盖满了我的额头、双手和肩膀啦……我该怎么处理这么多玫瑰吗?

也许你知道,这些轻柔的花朵来自何方,可我却一点儿都不明白,苍穹的颜色天天在变,从淡雅的玫瑰色转变成白色和天蓝色,越来越多的玫瑰像弗拉·安吉利科❶的画作——一幅跪着赞美天主荣耀的作品。

人们相信:那些玫瑰花来自天堂的七个回廊,它们从那里飘落于地面。在一场温和、变幻多彩的降雪中,玫瑰也愈加像雪花了,那些花朵留在钟楼、屋顶和树梢

---

❶ 弗拉·安吉利科(1387—1455),意大利文艺复兴时期画家。据说,他只为教堂作画。

之上。看呀，一切雄伟壮丽的景象，都会借助于它们的点睛之笔而变得精致、纤巧。更多的玫瑰，更多的玫瑰，再多点儿的玫瑰哟……

小银，当祷告的钟声四面响起之时，我们的生命似乎失去了它日常的力量，而另一种内在的力量，更加高傲、更加恒定和纯洁，它主宰一切，完全像喷涌而出的恩典之泉，升入星空，在无数的玫瑰花丛之中熠熠生辉……更多的玫瑰……你自己的双眸，你自己看不到，小银，你的眼睛柔顺地仰望着苍天，它们就是两朵美丽的玫瑰。

◇ 第十一章 ◇

后事

如果你死在我之前,我的小银,你不会像其他可怜的驴子那样,或者像那些没人疼爱的马和狗那样,被放在送葬人的双轮小车里,然后被拖到茫茫海边的浅滩上,也不会被扔进山路边缘的深谷中。你也不会被成群的乌鸦啄食,只剩下一副血淋淋的骨架子——如同殷红的落日余晖下破船的残骸——被那些去圣胡安车站、赶乘六点钟火车的商旅,当成一件稀罕物件来看。我更不会任你变成一具硬邦邦并且肿胀不堪的尸骸、任你躺在充斥着腐烂蛤蚌的壕沟内,吓唬那些行事鲁莽并且充满好奇心的孩子——那些孩子爱在土坡后面攀上枝头,然后伸头探脑。他们在秋天的星期天下午,也常去松树林里吃烤松子。

安安心心过你的日子吧,小银。我会把你埋葬在一棵粗大的松树脚下,你很喜欢这棵长在小果园里、名唤松球的树。你将置身于快乐和宁静的氛围中。男孩们会围绕在你身边玩耍,女孩们会在你旁边的小椅子上做针线。你会听见我在孤独中吟咏出的诗句,你也能听见姑娘们在橘子林里浣洗衣物时的吟唱。水车发出的声音会为你永恒的宁静送来快乐与清凉。而且,一年四季,长年不断,金丝鸟、黄莺和鹈鸪,活跃在茂密的常青树树冠之中,它们在莫格尔的苍穹和你那甜美安宁的梦境之间,为你编织一个无形的音乐殿堂之顶。

◇ 第十二章 ◇

刺

一进入牧场,小银走起路来就一瘸一拐的。我俯下身子……"伙计,你怎么了?"

小银把它的右蹄略微抬起,露出脚掌心,把蹄子悬在半空中,根本不敢去触碰路上灼热的沙土。

毫无疑问,我会比老达尔朋,也就是它的医生,更加关心小银。我小心翼翼地帮助它弯起了腿,定睛查看那发红的掌心。一根橘子树上的长长的荆棘,像一把圆刃的翡翠匕首,整个儿扎进了掌心。我心痛万分,哆哆嗦嗦地把长刺拔了出来,小银则疼得不住抖动。然后我把这头可怜的驴带到长满了黄百合花的溪流边,让潺潺流水用它清洁的长舌,轻柔地为小银舔舐伤口。

然后我们朝白色的海洋走去,我在前面,它在后面。小银仍然一瘸一拐,不时用脑袋轻轻触碰我的脊背……

◇ 第十三章 ◇

燕子

  它已经捷足先登了,小银,看它浑身上下一身黑,活泼极了。它把灰色的鸟巢筑在蒙特马约圣母像的上头,一个永远受人尊敬的巢穴。可怜的燕子既害怕又有点怏怏不乐。在我看来,这一次可怜的燕子也一定是被弄糊涂了,就像上周那次发生在两点钟的日食一样,母鸡纷纷提前钻进鸡舍。今年春天,娇艳的春天好似打情骂俏一样早早地起床了,但赤身裸体,娇滴滴的,实在经不起料峭寒意,于是赶紧回到三月里的沉沉阴霾和云絮里,躲起来了事。橘子园里那些刚刚含苞待放的玫瑰,尚在蓓蕾的阶段,却都又纷纷夭折凋零,真令人伤心!

  它们已经抵达这里了,小银,燕子,似乎依然默不作声,往年,当它们初来乍到的时候,它们会四处探访、亲切问候,用它们涟漪一般婉转的颤音喋喋不休。

它们把在非洲所看到的一切都告诉了花儿。此外，还有它们两次跨洋飞行和在水面上的经历，怎样张开它们的羽翼当风帆，怎样站在船头的绳索上，数不清的日落时分，数不清的破晓时分，数不清的星空……

它们不知所措，神情惘然地默默飞行，就像蚂蚁在孩子们踩踏它们之后漫无目标地寻找迷失的道路。它们不敢在新街上上上下下垂直翻飞，并以潇洒的翻滚姿势作为压轴戏，也不敢飞进井中的鸟巢，更不敢在电话线上雪白色的瓷瓶旁边歇脚，北风呼啸，电话线随之嗡嗡作响。总而言之，它们不同于在白盒子上，人们通常画的燕子形象。会冻死的，小银！

◇ 第十四章 ◇

栏厩

中午时分,我去看小银,十二点钟的太阳极为透亮,在它背上形成了一个巨大的金色光斑,亮得耀眼。在它的身子底下,地面隐隐约约发出深绿色,全都被染上如同翡翠一般的颜色。破败的房顶下方,好像有密密麻麻的金色钱币,像雨点一样洒了下来,金光灿灿,像火一样明亮耀眼。

戴安娜躺在小银的脚边,它就像一个舞蹈家,手舞足蹈地蹦着跳着向我跑来。它抬起双脚搭在我的前胸,然后用玫瑰般的红色舌头,气喘吁吁地舔舐我的嘴。母羊充满好奇心地瞧着我,像一位贵妇人那样低下瘦削的头,左右来回摆动着。在我进入栏厩之前,小银已经用高声的嘶叫来迎接我了,以示对我隆重致意,它兴奋得想使劲把缰绳挣断。

我透过天窗,向浩瀚的青冥投出一瞥,从牧歌式祥和的九霄云外，绚烂的阳光带来彩虹一般奇幻的色彩。然后，我脚踏着一块岩石，眺望原野。

在纯净的蓝天映衬下的残垣断壁之间，绿色的美景慵懒而迷惘，四处游弋、回荡，此时此刻，耳畔蓦地响起了一声充满柔情蜜意的悠扬钟声。

第十五章
被阉割的小马驹

它通身漆黑,却黑中发出紫色、绿色和蓝色的光彩,完完全全闪现着和银子一样的光芒,仿佛数不清的金龟子和乌鸦集于一身。在它充满稚气的眼睛里,有时候会闪现出如燃烧着的灰烬才具有的暗红色彩,就像马尔克斯广场中盛满栗子的那口锅里发出的颜色,拉莫娜在那里干着兜售栗子的买卖。像勇士一样,小马驹从弗里塞塔的沙土地出发,一路前行,走到新街用石头铺成的路面上时,它那急促小跑的蹄声,活像是一连串清脆的铃声!它是多么敏捷,多么机灵,多么神气十足,瞅瞅它那小脑瓜子和修长的瘦腿!

它堂而皇之地走过那扇小酒店的矮门,炫目的烈日高照,卡斯蒂约的酒廊显得比它黑多了。它漫不经心地逛来逛去,一旦瞅见某样东西,它立刻就要上前招惹一番。接着,它纵身跃过用松树干做的门槛,兴高采烈地踏进充满绿荫的后院,随即惹来母鸡、鸽子和麻雀的一阵哄闹。然而,四个男人已在那里等候它多时了,他们毛茸茸的手臂各自交叉着,抱在花衬衫的前襟部位。男人们把它带到胡椒树下。经过一场激烈而短暂的格斗,他们就把它控制得服服帖帖。然后,他们蒙上了小马驹的眼睛。小马驹被一把掀翻在粪堆上,然后他们四人顺势一拥而上,都坐到了它身上,将小马驹死死压住。就这样,达尔朋的活计宣告胜利结束,而小马驹原先那种迷人的优雅风采也随之消失殆尽。

你未加运用的美貌将随你一同入殓，
若善为利用，会做你的遗产执行［人］。❶
——莎士比亚对他的朋友如是说。

……猛然间，小马驹变成了大马，它浑身虚脱，大汗淋漓，显得羸弱不堪，悲悲戚戚。只有一个人将它拽起来，为它披上一床毛毯，牵着它慢慢消失在街上。

哎呀，它就好像是虚幻不实的浮云，因而值得怜悯同情啊，昨天它还是一副厚厚实实、轰轰烈烈的景象，

---

❶ 莎士比亚诗句，原著中直接援引英文"Thy unus'd beauty must be tomb'd with thee, Which used, lives th'executor to be."，在此借用梁实秋先生的译本。莎士比亚. 莎士比亚全集 40 十四行诗 [M]. 梁实秋，译. 北京：中国广播电视出版社，2001:32.

还浑身上下披挂着雷电呢!可如今,它趔趄前行,像是一本散了架的书。它的脚步好像没有踩在坚实的土地上,在脚掌和条石铺就的路之间,一种新的物质似乎悬浮于此,这使它丧失了理智,活像是一株连根拔起的树。它好似在追忆那个充满暴行的清晨中,萦回着的一首完完整整的春之曲。

◇ 第十六章 ◇

街对面的房子

在我的孩提时代,小银,我家对面的那座房子总是让我心醉神迷!起初是阿雷奥拉的售货亭,它坐落于里维拉街上,一座朝南的院落,里面永远洋溢着金色的阳光。我时常爬上墙垣,从那里放眼远眺韦尔瓦。有时我会得到他们的准许,可以进院玩耍,这时阿雷奥拉的女儿就会拥抱并亲吻我。那时候,我就以为她已经是一个成年的妇人了,可其实她如今方才嫁人,只不过现在的模样还与原来一样。然后,在新街——后来取名为卡诺瓦斯街,再后来又改成胡安·佩雷斯修士街——对面是何塞先生的宅子。何塞先生是来自塞维利亚的糖商。他穿的那些金色山羊皮靴子让我看得眼花缭乱,院落中的龙舌兰上还摆放着好些鸡蛋壳,房间的门上画着黄色的金丝雀和一道又一道海蓝色的条纹。有时,何塞先生也造访我家,我的父亲常常拿钱给他,而他总是要提及橄榄园……从我的阳台上望去,冒出何塞先生家砖瓦房子顶上的那棵胡椒树尽收眼底,成群结队的麻雀栖息其上。我见犹怜的胡椒树啊,摇着我,让我做过多少儿童时代的痴迷好梦呀!(其实,那里一共有两棵胡椒树,自始至终,我都不会将其张冠李戴:从我家的阳台上放眼望去,其中的一棵树将它在惠风和艳阳中的树冠见示于我,而另一棵树则展示着它的树干,它扎根在何塞先生家的院子里……)

无论是在晴空万里的午后,还是在细雨淅淅沥沥毫不停歇的午睡时间,不管是从我家的铁栅栏门,还是从我的窗口,抑或从我的阳台,静静地凝视街道对面的房屋,我都会觉得,每时每刻的微妙变化,点点滴滴的情趣,分外诱人!

◇ 第十七章 ◇

傻孩子

每当沿着圣何塞街往家走的时候,我们总是经常能看见那个傻孩子坐在小椅子上,注视着行人在门外来来回回走动,络绎不绝。他属于既不能开口说话,举止又不文雅的可怜小孩之一;可是那个孩子却一天到晚自顾自开开心心的,这情形看着就更加让人感觉凄惨可怜啦。对于旁人而言,这与别人的任何痛痒毫无关碍,但是全部的压力和负担却都沉重地压在他母亲的心坎上。有一天,一股非常邪乎的妖风席卷了整个白色的街区,自此以后,我就再也没有看到门口的那个男孩。一只鸟在寂寞的门楣上低唱,我不禁想起了库罗斯,他是一位称职的好父亲,也是一位诗人。当失去了自己的孩子时,他就去问加利西亚那地方的蝴蝶:

带着金色翅膀的蝴蝶啊……

现在春天降临了,我又一次想起了那个傻孩子,他从圣何塞的街,升入了天堂。他一定还是会坐在自己的那把椅子上,他身旁有珍奇的玫瑰相依偎,他又一次睁开双眸,金色从一片光辉中掠过。

◇ 第十八章 ◇

幽灵

阿尼娅·拉·曼特卡的个性可谓活力四射，为人热情，她在人总前快快乐乐，给人耳目一新的感觉。她最大的乐趣就是装神弄鬼。她裹上床单，把自己捂得严严实实，还往脸上抹上白灰粉，再将大蒜挂在自己的牙齿上。晚饭后，我们在客厅里打盹儿，正要酣然入梦之际，猛然间，她突然出现在大理石楼梯上，手上提着一盏发着红色幽光的油灯。她阴沉着脸，悄无声息，一步步地慢慢靠近。罩在外面的长袍紧紧贴着全身上下，让她看上去就像一丝不挂一样。真是一点不假呀。她从黑暗的高处，带来了可怕的幻象，确实阴森恐怖。但是，与此同时，她那一身素白，不由得让人从心底产生一种莫名其妙的魅惑……

我永远不会忘记那个九月的夜晚，小银。暴风骤雨像一颗饱受疾患困扰的心脏，在村子的上空制造着忐忑不安的情绪,足足折腾了个把小时。雨水和冰雹裹挟着雷电之势,不断从高空倾泻而下。水缸溢满了,院子被水淹没了,成了一片汪洋。最后的伴侣——九点钟的班车、晚祷的钟声、送信的邮差——都已经远离……我战战兢兢地到餐厅去喝水,在一道淡绿色的闪电中,我看见了贝拉尔德的桉树——我们称之为杜鹃树,就在那天晚上拦腰折断——垂挂在廊柱和房顶上……

突然,一阵可怕的沉闷轰鸣不绝于耳,一道伴随着裂帛声的光影刺得我们的双眼短暂失明,房屋也摇摇欲坠。当我们重新清醒镇定下来的时候,我们发现,刹那间,所有人各自逃命,躲藏在各处,大家都陷于麻木又茫然不知所措的境地。有人说,啊呀,我的脑袋;另有人说,哇,我的眼睛,我的心脏啊……一切逐渐消停下来,我们才慢慢回到各自原来待的地方。

暴风雨过去了……月光在大块云层的窄缝间透出来，院子中的积水泛着银光。然后，我们四处趸摸动静。洛德走到牲口栏的台阶旁边，突然狂吠不止，来回奔窜。我们紧随其后……小银也下来了。黑夜里，完全被浇透的花丛下散发出一股令人作呕的香气。可怜的阿尼娅罩着幽灵的长袍倒在那里，已经死了，被闪电烧灼而变得焦黑的手上，仍然紧紧攥着那盏还未熄灭的油灯。

◇ 第十九章 ◇

红色风景

　　山顶的落日夕阳,是一片红彤彤的景象,西沉的落日,其光芒如水晶玻璃一样透明,它仿佛被自己的光芒刺破了,又割伤了,弄得鲜血淋漓。在落日霞光的映照下,绿色的松树林变成暗红,好似一阵酸楚的感觉袭上心头,因而松树林显得郁郁寡欢。此时此刻,各色各样的花瓣和草叶都显得通体透亮,一切事物都沐浴在湿润的寂静之中,这种寂静掺和着温润的香气和光明。

　　四起的暮色使我欣喜若狂。小银那黑色的双眸映射出落日的红霞,小银温顺地走向池塘,池水泛着洋红色玫瑰色和紫罗兰色的光彩,它将它的嘴巴轻柔地探入池水中。一旦两者接触,那原本洁净无比的镜面则立刻似乎液化了一般,大口大口暗红色的水,涌进了它那粗大的喉管。

　　这原本是我再熟悉不过的地方了,可是顷刻之间情形却变得纷乱无序、错乱无章,所以我产生了如此强烈的陌生感。一种行将没落的壮丽景观随之而来,仿佛在任何一个瞬间,我们都可以发现一座宫殿的遗存,即那破败不堪的桂殿兰宫……下午将自身应有的时段愈加延长了,似乎它已经被永恒的意境濡染,充满了平和、无限、玄妙之感……

"走吧,小银。"

◇ 第二十章 ◇

鹦鹉

我有个朋友,他是个法国医生。有一天,在那个法国医生的大花园里,我们几个人、小银和鹦鹉正在玩耍。恰在此时,一个年轻女子急急忙忙从山坡下朝我们一路奔来,她皮肤黝黑,衣着凌乱。她还等不及来到我们跟前,就带着探寻的神态,急促地问道:

"少爷,医生在这里吗?"

她身后跟着几个衣着褴褛的孩子,他们跑得上气不接下气,还不时地望着前方上坡的道路。最后,几个男子搀扶着一个垂头丧气、面色苍白的人走上前来。此人是在多尼亚纳自然保护区偷偷捕猎鹿群的那帮人中的一员。他用的那杆老掉牙的猎枪实在令人捧腹大笑,因为枪杆居然用草绳绑着。现在已经报废了。据说枪管突然炸膛,所以这个猎人的手臂就挨了枪子儿,挂彩了。我的朋友态度亲切地来到伤员身边,他摘掉了猎人的伙伴

们之前在伤口处缠上的破布条,然后他洗净血污,还摸了摸骨头和肌肉。他不时地对我说:

"没事的……" ❶

下午,从韦尔瓦飘来一阵海边浅滩上特有的气息,混合着沥青味和鱼腥味……众多修剪成圆球形的橘子树挨挨挤挤,像一大块天鹅绒,呈翡翠绿色。一株丁香树,紫绿相间,树下有一只披红戴绿的鹦鹉走来走去。鹦鹉的小眼睛滴溜滚圆,不时向我们投来好奇的目光,好像询问着什么。

可怜的猎人泪流满面,眼里泛着日间的光影,他不时地发出一声哽咽的呻吟声。于是鹦鹉说道:

"没事的……"

---

❶ 原文为法语。

我的朋友给伤员垫上棉花并绑上绷带……可怜的人嚷嚷着：

"啊啊啊！"

而鹦鹉，在丁香花丛之间，还在学舌：

"没事的……没事的……"

第二十一章

平坦的屋顶

你啊,小银,你永远上不了平坦的屋顶,理所当然你也不可能知道那上面的景象。一旦从黑得伸手不见五指的木质小楼梯爬上来,顿时在光天化日之下你就会产生一种被烧灼的感觉,好像你就站在天边,沐浴在一片蔚蓝之中。啊,来一次深呼吸,再来一次扩胸运动吧,石灰的炫目白光,刺得眼睛都睁不开。你知道,在屋顶的砖块上抹上一层石灰,这可是为了让那从云层里落下的雨水,能够流进水缸,干干净净,一尘不染。

多么迷人的平坦屋顶啊!塔楼的钟声响起,我们的心随着钟声在我们的胸膛里猛烈激荡。铁锹在远方的葡萄园里现身,在太阳照耀下,铁锹闪闪发光,确切地说是发出银色的火花。在这里不妨让我们纵览一切:所有其他的平坦屋顶,牲口的栏厩,在毫不起眼的角落中,人们都各司其职、勤勉地干着自己的工作——木匠、油漆工、制桶匠；栏厩周围的树林色彩斑驳，牛羊也似斑斑点点，点缀其间；在墓地里，有时会聚集着一群黑肤色而且身量矮小的人，那是他们在参加一次无足轻重的三等葬礼；窗边有个姑娘慢慢腾腾地穿着内衣，然后漫不经心地一面梳头一面哼歌；河面上，一艘船正要准备靠岸；谷仓旁边，一个乐手在那里独自练习吹奏圆号，再不然，或许那边正演奏着一首轰轰烈烈的爱情乐章，他们旁若无人地在行云雨之事……

房舍隐藏在下方，像地下室一样。透过玻璃做的天棚，市井生活历历可见：喁喁私语，车马喧阗，以及那座自身就已经美轮美奂的花园，都会使你感到意外惊奇；而你，小银，在大水缸里喝水，对我熟视无睹，你还傻里傻气地在跟麻雀或者乌龟闹着玩呢！

◇ 第二十二章 ◇

归来

我们都从山上满载而归:小银饱餐了一顿墨角兰,而我则捧回了黄百合。

四月的下午降临了。原先西方的天际是漫天透明的金黄色,随后幻化成了一片银白世界,好像数量可观的晶莹光洁的百合花。稍后,那浩瀚的苍穹好像是从一颗清透的蓝宝石,渐渐变成了深绿色的翡翠。一阵难以名状的忧郁心绪开始笼罩着我的心头。怀着愁思,我缓步归来……

上得山坡,村子里钟楼上的瓷砖泛着亮光,景象尽收眼底;在这庄严肃穆的时刻,它令你获得一种崇高伟岸的感觉。等你走到跟前,从近处看,它就像从远处看到的吉拉达钟楼❶,我对故乡的思念之情,随着春天的

---

❶ 吉拉达钟楼,塞维利亚主教堂钟楼,修建于摩尔人统治时期,西班牙人统治之后,加盖了具有文艺复兴风格的尖顶。

到来,变得愈加强烈起来。从中我意外地得到了些微排遣忧郁心绪的慰藉。

不如归去吧……回到哪里去?回去了又当如何?这一切到底为了什么?……但是,伴我而归的百合花,在入夜时分那温和清凉的空气中,不断地散发出更加浓烈的香味。与此同时,还闻得见一种从前无缘得见的花丛中散发出来的幽香,这种幽香令人产生孤寂落寞之感,并使得肉体和灵魂双双在这忧郁和孤独的气氛中沉醉。

"我的灵魂,阴影里是百合花哟!"我说。

我突然想到小银,此时此刻我是骑在小银的身上,虽然它在我的胯下,但我却将它遗忘得一干二净,因为我早已将它视作自己身体的一部分了。

◇ 第二十三章 ◇

铁栅栏门

每当我们去狄兹莫酒馆的时候，我都会沿着圣安东尼奥街的墙绕个道，来到那扇紧闭的铁栅栏门前，从那里可以俯瞰整个田野。我把脸贴在铁栏间，瞪大双眼，左顾右盼，如饥似渴地竭力要将目力所及的一切胜景收入眼底。从门槛那里延伸出去一条昔日已有的小路，在野生荨麻和野蔷薇之间蜿蜒曲折、向下伸展，直到消失在安格斯蒂亚斯那边。此外，靠着墙垣，有一条宽阔而坑坑洼洼的路，我之前从来未曾走过……

铁栅栏似乎构成了画框，从中抬眼望可以看见外面的景色和天空，这是多么令人陶醉的景象啊！在幻想中，似乎有一堵墙和一顶天棚将其余部分遮挡了起来，独独留下如此奇幻的美景，特为送进这紧紧关锁起来的铁栅栏门……从这里看，公路和公路上的桥梁一目了然，还有如同烟雾一般显得迷蒙不明的白杨树、砖窑、帕洛斯的小山包,以及韦尔瓦的汽船。黄昏时分,可以看见里奥廷托码头的灯光。此外,在落日旁边最后一片紫色残霞的映照下,阿罗约溪谷里那矗立着的孤零零的粗大桉树也一览无余……

酒店里的堂倌伙计笑着告诉我,栅栏门没有钥匙……在我的梦里,思维好像失去了约束、任意驰骋,错觉使得我总是误以为铁栅栏门是朝向最为奇异的花园和最令人叹为观止的原野的……如此这般,就像那一次为了验证自己的梦境真实与否,我曾从大理石楼梯上飞身跳下来一样,我成百上千次地在清晨走到铁栅栏门那里寻找着并验证着那些在有意无意之间被颠倒和弄混了的幻觉和现实……

○ 第二十四章 ○

堂·何塞神父[1]

唉,小银,他走起路来道貌岸然、派头十足,嘴里说出来的话却又甜得像掺着蜂蜜,但是永远像天使一般纯洁无瑕的,却是他的母驴,那头母驴如同贵妇人一般。

我记得,你有一天在他的花园里看见过他,他穿着水手的短裤,戴着宽边帽子,对着偷橘子的孩子们扔鹅卵石,同时向孩子们飙着恶毒的骂人脏话。每逢星期五,你时常可以看到他的管家,那个可怜兮兮的巴尔塔萨,虽然他得了疝气,鼓鼓囊囊得如同马戏团里耍的气球,可是他依然到村子里来兜售那种蹩脚的扫帚,或者和穷人们一道为了富裕的死者祈祷……

我从没有听见过谁骂出的言语,比他爆出口的咒骂

---

[1] 堂·何塞神父与前文的何塞先生并非一人。

更加污秽不堪,也从来没有听过谁发过这种比头顶上的天还要高的坚定誓言。毫无疑问,天地之间的万事万物自何处而来,是以何种形态存于世间,这些奥秘他无一不通、无一不晓,或者至少五点钟弥撒进行的时候他是这么说的……

树木啊,泥土啊,流水啊,微风啊,蜡烛啊,这一切,那么美好,那么温柔,那么新鲜,那么纯洁,那么生动活泼。

然而,在他看来,这一切似乎是混乱、冷酷、残忍和毁灭的活生生的例子。每天晚上,他花园里所有的石块都要换个地方过夜,因为他总是满含敌意和暴怒之气,不断地将那些碎砖乱瓦砸向鸟雀、浣衣女、孩童,以及花蕾。

祈祷的时间到了,一切又都变了样。堂·何塞先生那肃穆凝重的表情,犹如寂静无声的原野。他穿上教士服,披上斗篷,戴上宽檐圆帽,骑上他那头无精打采的驴子,两眼空洞,目光呆滞,途经显得黑咕隆咚的村镇,就像迈向死亡的耶稣,朝十字架走去……

◇ 第二十五章 ◇

春天

啊，多么灿烂，多么芬芳！
啊，草地笑得多欢啊！
啊，他们是多么耀眼！

清晨，梦境依然朦胧，那些似乎是小恶魔变的孩子发出阵阵尖叫，弄得我万分恼怒。最后，我再也睡不着了，万般无奈，只得从床上爬起身来。当我从打开的窗户眺望田野时，我这才意识到：原来是那些鸟在鼓噪喧哗。

我来到花园里，为着蓝天向上帝献上感谢的敬拜。清新的曲调，流畅的旋律，从鸟儿的喙中款款奏出，绕梁三日，不绝于耳！燕子在井中歇脚并任性自如地发出婉转的颤音，画眉在橘子树的树梢上栖息并吹响口哨，黄莺在橡胶树的枝丫间跳来跳去并呢喃着热情似火的绵绵情话，长尾山雀藏身于桉树的树冠顶端并不断发出欢声笑语一般的啼叫，嗓音尖细，麻雀们好似开会一样聚集在大松树上，毫无禁忌地喋喋不休。

哇，多么美好的早晨呀！太阳愉悦地将它的金丝银线般的光彩输送到地面，蝴蝶竟然有上百种颜色，彩蝶们在春光里到处飞舞，在花丛中，在屋子里，在房子外，在泉水旁，无处不在。人们的生活充满健康、新颖的基调。在整个田野上，这种生活伴随着不断的爆裂声，在沸腾，在盛开。

我们仿佛置身于一个宽敞明亮又晶莹剔透的蜂巢，又像是仿佛置身于一朵茫无涯际、温暖光明的玫瑰之中，在那里生息繁衍。

第二十六章

蓄水窖

小银,你看呀,最近下的那场雨把它注得满满当当啦。现在的蓄水窖已经完全不同于它水浅时候的样子了,如今既听不见回声,也见不到水底是什么模样。水浅的时候,太阳光照耀在它凸起的窗户上,顿时,在镶嵌着黄色或者蓝色的玻璃顶罩的后面,五彩缤纷的颜色闪烁其间,闪着像宝石一样的色彩。

你从来没有下过蓄水窖,小银,我下去过。几年前,人们把它储存的水排干的时候,我下去了。你知道,那里有一条长长的坑道,尽头是一个小房间。当我进去的时候,我手里的蜡烛突然熄灭了。恰在此时,一条娃娃鱼猛然间爬到我的手心里。说时迟,那时快,当时只觉得两道刺骨逼人的寒气相互交叉着,在我的胸前一闪而过,就像骷髅头下方交叉摆放着的两根大腿骨……整个村子的地下都挖有蓄水窖和坑道,小银。

最大的蓄水窖在萨尔多·德·洛波家的院子里，也就是说，坐落于卡斯蒂约古城的广场附近。可是最棒的，却要数我家所有的那处了。你可以看到，它的井栏是用一整块雪花大理石雕成的。

教堂的坑道通向彭塔莱斯的葡萄园，其出口朝着河边的田野敞开着。至于医院里的那条坑道，则根本没有人有胆量沿着它走通，因为压根儿永远走不到尽头……

我记得那些漫长的雨夜。那时我还是个孩子，我能听见雨水从屋檐上"哗哗"地落到院子里，再流进蓄水窖，雨声好像是人们如泣如诉的呜咽声，使我无法安然入睡。

然后，到了早上，我一路飞奔到蓄水窖边，去看水位到底上涨到了哪里。如果像今天这样水漫到了井口，那么我们就会惊诧地大喊大叫：真是不得了！

　　……好了，小银。现在，我要给你提一桶纯净而清凉的水来，就是维尔加斯曾经如同牛饮一般，一仰脖灌下肚去的那样的一桶水，可怜的维尔加斯，他总是会被白兰地和烧酒烧得浑身滚烫……

第二十七章

癞皮狗

它有时到果园中的屋子这里来。它是一条瘦骨嶙峋的狗,显得对食物总是垂涎三尺、可怜巴巴的。它早已习惯了在叱骂声中,以及在石块雨点般砸来的情况下,夹紧尾巴逃之夭夭。就连它的同类也对它龇牙咧嘴。因此,它只得在正午的骄阳之下,神态麻木并悲悲切切地逃窜下山。

那天下午,它跟着戴安娜来了。当我走出来的时候,那个果园的警卫突然动起了邪念,拔出枪来,就朝狗连连开火。我还没来得及阻止,不幸就已经发生。子弹已经遗憾地打穿了它的内脏器官;一阵猛烈的翻滚,伴随着尖厉凄婉的狗吠声,狗倒在一棵金合欢树下当场一命呜呼了。

小银抬头望着那条狗,惊得一直发愣。戴安娜则吓得心惊胆战,慌不择路,到处寻找避险之地。警卫也许后悔了,给出了一连串的理由,像是想要抵消他的内疚之情,可是又无从得知该向谁去做解释。一层纱幔将太阳的部分光芒遮挡了起来;这片偌大的纱幔,就像那条狗,在被打死之后,那双明眸上开始聚拢起来的一片黯淡的荫翳。

在海风吹拂下,桉树垂头折腰,对着那条死去的狗悲悲戚戚地呜咽着。风暴变得越来越肆虐,一种沉重的落寞压抑之感,在这人们纷纷午休的时刻,充塞于天地之间,在依然满眼金黄的田野和那死狗的上空,不断伸展开去。

第二十八章

水潭

等等,小银……如果你愿意的话,你就先在一边等着我吧,你也可以在这片嫩绿的草地上吃一会儿草。让我去看看这美丽的水潭,这样的所在是这么多年来我未曾见过的……

你看,太阳是如何穿过那厚厚的潭水,然后把它深处掩藏的金绿的色彩照亮,百合花像天穹一样清爽明净,它们围在潭边凝视着,也不由得欣喜若狂、为之神往起来……样子像天鹅绒那样的台阶,造型错综复杂,好像在重重迷宫中层层下降,令人为之目眩迷离;一个又一个神奇的岩洞,有着十分完美的形象,足以激发画家的内心灵感,产生一种梦幻般的全景构思;这是一位神志疯癫的皇后,用她那双绿色的大眼睛里常年积存的忧郁,制造出了一座座美不胜收的园林;好几处残破的宫殿,乃是上古时期的遗存,酷似那天下午西下的斜阳射穿海边浅滩时所呈现出的景致……还有很多,还有很多,还有很多,琳琅满目,不一而足。其中,最令人难以捉摸的就像是:在一个一切都不曾存在过的、遭人遗弃的花园中,让最令人费解的梦境拉开它那无边无垠的长袍,从而显现出隐藏在长袍里的美妙之处,在春天里那痛苦的时刻,回忆着如何避免那稍纵即逝的美离我而去……事实上,这一切都无比渺小,可是给人的感觉却非常震撼,就好像我们是置身于遥远的地方在眺望。老魔术师依然激情四射,他拥有的传家宝,无非是林林总总的秘诀,魔术师依赖于它们,能掌控人们的各种感觉……

这片水潭啊,小银,曾经是我心灵的归宿之地。我感到自己被它那种积存起来的复杂而奇妙的寂寞之美蛊惑,它惊人的旺盛生命力止息了……当一个人在爱情中遭遇重大挫折,他就应该破除自己的心障,让腐坏变质的血水流尽,直到一切变得洁净、恢复舒畅为止。啊,小银,舒畅的感觉就像雅诺斯的溪流,在四月里金光灿灿的融融暖意中潺潺地流淌。

然而,有时那只古老而苍白的手,又将我拉回到那碧绿的水潭。曾几何时,我的恋情和寂寞流连不止于那方净土。对那些从远方发出的清晰呼唤做出回答,就像我曾经念给你听的歇尼尔❶写的牧歌式的田园诗中伊拉斯的表白一样,伊拉斯"装腔作势"地向阿尔西德斯说:"为了让你的痛苦变得甜蜜。"

---

❶ 歇尼尔,即安德烈·马里·歇尼尔(1762—1794),法国诗人。

◇ 第二十九章 ◇

四月诗情

孩子们和小银一起到河边去了。那河边长着数目可观的白杨树。现在他们一边玩闹,一边傻笑,缓步跑来,捎回了许多黄色的花朵。他们在河边玩耍时被一阵雨浇成了落汤鸡。雨是由一片浮云引起的,这片云借助于它落下来的金丝银线一般的连绵雨脚,为绿茵茵的草地罩上了一层纱幕。一弯弧线似的长虹和那些不停晃动着的金丝银线叠加在一起,恰似一架余音袅袅、不绝如缕的希腊竖琴。在雨水打湿的驴背上,湿漉漉的喇叭花还悬垂着雨滴。

啊,清新,愉悦,多么动人的诗情画意!小银浑身披挂着濡湿温润而又令人赏心悦目的货物,连叫声也变得柔媚起来!小银不时地转过头来,用大嘴咬着一把又一把的花枝。那些黄的、白的喇叭花束,挂在他的嘴边来回晃荡着,同时绿白相间的口水肆意流淌,不到片刻，花朵就一股脑儿全部进了那系着马鞍的大肚子里。天哪，谁能像你这样啊，小银，可以这样狼吞虎咽着鲜花，如风卷残云一样大吃大嚼！居然吃不坏肚子！

一个阴晴不定的四月的午后！……无论是瓢泼大雨还是艳阳高照，全部都在小银那双明亮又灵动的眼睛里显现出来。这时，在圣胡安的田野上方，在渐渐西沉的落日上空，映入眼帘的是又一片玫瑰色的云团在挥洒着雨丝风片。

◇ 第三十章 ◇

飞走的金丝雀

有一天,那只羽毛黄中透着绿色的金丝雀,不知是何缘故,从囚禁它的笼子里飞走了。这是一只长时间被圈养的金丝雀,因为它寄托着我对一个女子的回忆和哀思。我生怕它会饿死或冻死,甚至被猫吃掉,就没有舍得放走它。

整个早晨,它都在飞翔,在果园的石榴树之间,在松树之间,或者绕着丁香花丛纵情地上下翻飞。整个上午,孩子们都坐在回廊里,全神贯注地看着这只小鸟一刻不停地飞来飞去。小银则懒洋洋地在玫瑰花丛旁边休憩,间或和一只蝴蝶玩得不亦乐乎。

到了下午,金丝雀飞落在大房子的屋顶上,在那里驻足良久,在落日余晖的暖意中蹦来跳去。突然,不知道是怎么回事,它又重新出现在笼子里,显出因重返故地而带来的快活神色。

瞧，这果园啊，多么令人兴奋不已！孩子们跳起来，拍着手掌，脸庞上飞起了红霞，笑得像明媚的曙光那样灿烂；玩疯了的戴安娜跟在后面不停打转儿，对着自己叮当作响的铃铛欢叫着；被欢乐感染的小银也像发起了人来疯，像小羔羊似的腾空跳跃，浑身的肌肉晃动着，酷似银白色的激浪；它又像奇维罗鸟一样，后腿直立并抬起前腿旋转起来，跳起了动作夸张的华尔兹，然后放下前腿，用后腿不断地踢着柔和新鲜的空气。

◇ 第三十一章 ◇

魔鬼

刹那间，一阵单调、剧烈而又急促的蹄子声传来，在特拉斯摩罗街的拐弯处，腾起一片似云似雾的尘埃，紧接着一头肮脏不堪的驴子从中冒了出来。过了片刻工夫，一群孩子出现了，他们跑得气喘吁吁，赶了上来，破布裤子耷拉着，露出黝黑的小肚腩，在后面向脏驴投掷着棍棒和石块。

这是一头大黑驴子，但是却显得又老又瘦——活像教堂里的总司铎[1]——瘦得连脱了毛的皮都快要包不住骨头了。它跑到一个地方，然后停了下来，露出一排大黄牙，像连荚蚕豆一样，同时抬起头高叫着。没承想它竟然有这么大的力气，发出如此声嘶力竭的吼声……

---

[1] 司铎，天主教、东正教的神职人员，通常为一个教堂的负责人，职位在主教之下，尊称神父。

它是一头走失的驴子吗?你认识它吗,小银?它怎么了?这样不顾一切地疯狂逃窜,会是从谁那里跑出来的呢?

一看见黑驴的时候,小银的双耳就竖立成尖角,一会儿又一只耳朵朝上,另一只耳朵往下耷拉。它跑到我这边来,想要躲进路边的壕沟,然后等待机会逃之夭夭。就在此刻,黑驴从它身边经过,蹭了它一下,把鞍桥碰歪,再朝小银嗅嗅,扭转头对着修道院的围墙嘶叫着,最后顺着特拉斯摩罗街跑下去了……

……在炎热的天气里,就像是在挥汗如雨的酷热中打了一个匪夷所思的寒战——我的,还是小银的?——万物似乎都被搅乱了,突然之间,一块低矮的阴影当头压下,好像一块黑布遮住了太阳的光芒,空气在曲折的巷子里瞬间凝固了,一种繁复密布的孤独感压抑得让人透不过气来……此后，一点一点地，随着黑驴的离去，我们才从遥远的虚幻世界之中回过神来。你这才听到前面佩斯卡多广场上的鱼市发出此起彼伏的叫卖声，刚从里贝拉来的鱼贩们开始了他们的"攻防战"，高声叫卖他们的比目鱼、车鳊鱼、黄花鱼、长带鱼以及大嘴鱼；钟声悠扬，似乎在告诉人们早晨的布道还未散场；还有磨刀霍霍的人们吹出的口哨声……

小银身子抖个不停，不时地望着我，眼神里带着惊恐，不知道为什么只有我们两个像哑巴一样站在原地，呆若木鸡……

"小银，我觉得那恐怕不是驴……"

而小银却默不作声，而且又再一次颤抖起来，抖动得浑身发出"簌簌"的声响，它的目光忧郁而胆怯，又朝下方的壕沟望着……

◇ 第三十二章 ◇

自由

一只通身发亮的小鸟引起了我的注意。它迷失在人行道旁的花朵间,迷失在湿漉漉的绿色草地上,不停地扇动着色彩斑驳的翅膀,然而却难以脱身。我们慢慢地靠近它,我在前面,小银跟在后面。那里有一个阴凉处,一个饮水槽就安在那里,一群使着坏心眼的顽童正张着一面网,试图捕捉鸟儿。这只楚楚可怜的囮鸟❶,满怀着痛楚扑腾着翅膀,挣扎着向天空奋飞,不由自主地呼唤着天上的同类。

这是一个明快洁净、天色湛蓝、光明澄澈的清晨。小鸟们展开歌喉,发出阵阵的轻声合唱,隐隐约约,袅绕婉转,这旋律是从松树林旁边、那些被海风轻拂摇曳着的金色树丛中传出来的。这演唱会充满了天真烂

---

❶ 囮鸟,指人们捕鸟时,用于引诱鸟的鸟。

漫的气息，可是距离那些坏心眼的人竟然那样近，真叫可悲！

我骑上小银，双腿一夹，如一阵疾风般来到松树林。等到了那枝叶茂盛的松树浓荫之下，我拍着手，又是唱来又是叫。在我情绪的感染之下，小银也纵情叫了起来，不断发出粗声恶气的吼声。回声像从一口深井中传出，发出深沉的回响，以此作为应答。于是，鸟儿们都一边唱着，一边钻进别处的树林里，在别处又唱开了。

小银，在远处那些孩子的咒骂声中，用它毛茸茸的脑袋摩挲着我的胸口，以此表达它的深挚谢意，直使我的胸口感到疼痛不已。

第三十三章

未婚妻

　　海风轻拂，掠过红色的山丘，吹进坡上的草丛之中，好像让阵阵笑声融入那由无数洁白小花所组成的花海之中。随后，轻微吹拂的海风又朝凌乱的小松林席卷而去，发出天蓝色的光彩，同时又像金色玫瑰似的蜘蛛网，迎风摇曳，被风吹得膨胀起来，像一面做工精致的风帆……整个下午海风习习，阳光和风给人们的心灵带来温柔和宁静！

　　小银驮着我，快乐，敏捷，又安逸自在，简直就好像我丝毫没有分量一样。我们走上坡路，就像走下坡路一样轻松。在松林的尽头和那海岛模样的景物之间，一条无色缎带似的海面熠熠闪光。在下方的绿色草地上，一些健壮的驴子在灌木丛中四处游荡。

　　一阵骚动在牲口通常行走的土路上发生了，令人感到兴奋。突然，小银竖起耳朵，尽量张开鼻孔，让鼻翼一直弯到眼睛旁边,还露出它那豆荚似的大黄牙。它做着深呼吸,嗅着四面八方吹来的风,辨别着气息,那神态好像是有一种不知名的浓郁香气沁入它的心房。果不其然,看那边,在小银面对着的另一个山丘上,映照在蓝天背景上的居然是他的未婚妻,灰色而文静的未婚妻。一阵号角声似的悠长而嘹亮的二重唱,冲破了此时此刻的清净,接着,又像一对孪生子似的双股瀑布,直泻而下。

可怜的小银发自本能地表现出了殷勤的态度,但我对此加以制止了。山峦那一边的美丽未婚妻闪着一双黑玉般的大眼睛,小银的形象全都闪现在整个眸子里,而且满怀着同样的离愁别绪,眼睁睁地看着小银打眼前走过……这种心领神会的交流其实只是徒劳而已,只能枉然地化作放纵的肉欲,像一个粗暴无情的车轮子,将那些长春花碾个粉碎!

　　小银桀骜不驯地跑着,不时地试图原路返回,它的碎步疾行似乎压抑着一种无声的哀怨:"怎么能这样,怎么能这样,怎么能这样……"

◇ 第三十四章 ◇

水蛭

你停一下。那是什么,小银?你怎么啦?

小银嘴里流着血,不停咳嗽,走得越来越慢。突然,我一下子就全明白了。今天早上经过皮奈特的泉眼时,小银在那儿喝了水。虽然小银总是牙关紧咬,还挑选在最干净的地方喝,但毫无疑问,一条水蛭一定已经吸附在它的上颚或者舌头上了……

"停一停,伙计,让我来瞅瞅……"

修车工人拉波索刚从阿尔门德拉来到这里,于是我就拉着他帮忙,我们两人试图打开小银的嘴,但它的嘴像用罗马的火山灰泥浇铸了一样,纹丝不动。我很遗憾地意识到,可怜的小银没有我以为的那么聪明……拉波索拿起一根粗棍,将其砍成四段,试图把砍下的其中一段放进小银的上下颚之间,目的是撑开并顶住它的嘴巴……这真是一项艰巨的任务。小银昂头朝天,前蹄腾起，试图站起身，又是急于想逃走，又是来回扭动着身躯……最后，不知怎么一下子，棍子斜着被插进小银的嘴里。拉波索爬上驴背，用双手猛拽棍子的一端，就这样，愣是把小银的嘴巴撬开了。

　　乖乖！小银的嘴里面确实有一条黑色的水蛭，已经喝得胀饱了肚皮。我用两根葡萄藤做成一把钳子，将水蛭夹了出来……它看起来像一个赭红色的布口袋，又像一个装满了暗红色葡萄酒的皮囊。迎着太阳光看，它就像被一块红布激怒的火鸡脸上鼓起的肉块。为了不让更多别的驴子流血，我把水蛭的身体剪断并投进了小溪。顿时，小银的鲜血染红了随即漾起并短暂出现的涟漪和水沫……

◇ 第三十五章 ◇

三个老妇人

到这土坎上来吧,小银。快点闪到一边去,我们得让那些可怜的老妇人先走过去……

她们可能是从海边或山里来的。看,一个是盲人,另两个搀扶着她的胳膊。她们或许准备去看堂·路易斯医生,也可能是去医院……看她们走得如此慢慢吞吞的,那两个能看得见道路的老妇人走起路来是多么小心翼翼。似乎这三个人都害怕将会遭受同样的一个命运。你看她们还没有走到跟前就早早地伸出手臂,以一种让人笑掉大牙的古怪方式,在空中挡开她们的头脑所想象出来的危险,甚至包括那些极其纤弱的开着花朵的柔嫩枝条,好像要扒拉开她们面前的空气一样。她们为什么要这样小心谨慎呢,小银?

你可得当心,以免掉下去,伙计……嘿,你听她们边走边说的,全是些多么伤心的话啊!她们是吉卜赛人。看看她们奇怪的衣服,点缀着圆点图案和荷叶边,多么富有艺术美感!……你看到了吗?尽管她们上了年纪,但却依然身板硬朗,一点也看不出弯腰驼背的迹象,而且虽然老迈年高,但却仍然风韵犹存。她们的皮肤因日晒而变黑,脏兮兮,汗津津的,慢慢消失在正午阳光照耀下的尘世之中。伴随她们离去的,还有一种苗条健康的美,仿佛是已然陈旧生硬的回味……

看看她们三个老妇人吧,小银。阳光明媚,春意盎然,在春天融融暖意的触动下,蓟草绽放出黄色的花朵,而春意也渗透进了她们日渐衰老的生命之中!

◇ 第三十六章 ◇

小拖车

　　由于连日降雨,小溪里的水已经漫到了葡萄园。我们发现一辆破旧的小拖车陷入了淤泥之中,更令人揪心的是,小拖车上装着的草和橘子也一并全都陷进了小溪的河床。一个衣衫褴褛、浑身脏兮兮的女孩靠在车轮上哭泣,女孩那尚未丰满的胸脯还只是像花蕾似的,含苞欲放。女孩想用胸脯去推动车轮向前,试图对在前面拖车的小驴助以一臂之力。这是一头个头比小银更显得弱小的小驴,说真的,远比小银瘦小!这头小驴焦躁地顶着风,使着蛮力。同时,女孩带着呜咽的声调在吆喝着加油,可是她只不过是徒劳地尝试着要把小拖车推出泥淖。女孩就像其他所有孩子一样,勇气有余,力气不足,或者就像炎炎夏日里轻拂的微风一样,终究只得疲惫不堪地晕倒在花草丛中。

　　我拍拍小银,然后设法将它套在可怜的小驴前面的位置。随着我严厉的一声吆喝，特别是我的吆喝声中带着不容置疑的权威口吻，小银竟然猛一用力，将小拖车和小驴一起拉上了坡坎。这时，女孩露出了笑容。水晶般晶莹的金黄色太阳光，在烟雨云霞中纷纷碎裂，落进流淌在她被抹黑的脸颊上的串串泪珠之中，泪水的后面仿佛显现出黎明时的曙光。

她高兴得热泪盈眶，递给我两个她精挑细选的橙子，皮薄肉厚，分量很足。我心怀感激地接了过来，一个橙子给了那头羸弱的小驴，算是甜蜜的安慰，是上苍赐予的抚慰；另一个橙子则给了小银，当作对它的奖赏。

第三十七章

面包

我告诉过你,小银,莫格尔的灵魂是酒精,难道不是吗?哦,不是的!莫格尔的灵魂其实是面包。莫格尔就是一只小麦做的大面包,整个村子显现出一片雪白,活像面包心;村子周边呈现金黄色——啊,棕黄色的太阳——就像是一层柔软的面包外皮。

到了中午,阳光最充足的时候,整个村子开始冒烟,散发出热乎乎的面包和松木燃烧的香味。这时,所有的村民都张开了嘴巴,像在吞食一个巨无霸似的大面包。面包可以和各种各样的东西搭配着下咽,面包是无处不在的:可以滴上橄榄油,可以拌上西班牙凉菜汤,可以抹上奶酪,可以佐以葡萄入咽;为了使热吻变得更加有滋有味,还可以再加上酒,淋上汤汁,夹起火腿,或可以再用面包卷起别的面包。当然也可以单吃面包,不过这种吃法可能需要你自己添加希望或者幻想……

面包师们骑着马疾步赶来,挨着次序在每家每户虚掩着的门口驻足停留,然后拊掌吆喝道:"有面包供应喽——"此时,你分明可以听到裸露着的臂膀举着的篮子里传来各种各样不同的声响:硬面包的、软面包的、四分之一磅面包的、圆面包的、用细粮做的小块面包的、用粗粮做的大块面包,凡此种种落到篮子里时,相互碰撞的喧闹声响……

穷人家的孩子们受到这种种声音的蛊惑,纷纷赶来并拉着人家的门铃或拍着门环,向屋里的主人大声喊道:"施舍一点儿面包吧,给点儿面包吧——!"

◇ 第三十八章 ◇

阿格莱亚 ❶

你今天真酷,小银!上这儿来吧……在这美好的早晨,玛卡里亚❷把你洗刷得多么干干净净!你全身上下可真是黑白分明,光鲜夺目,就像被雨水冲洗过的白天和黑夜。这会儿,你可真漂亮体面,小银!

小银羞羞答答地看着自己,它慢吞吞地向我走来,刚刚沐浴完毕的身子还显得湿漉漉的,光洁得就像出水芙蓉一般的少女。它的脸庞明媚无比,像黎明一般鲜亮,它那一对灵动的明眸闪闪发光,就像美惠三女神中最年轻的那位女神,将热情和光辉传递给了它一样。

---

❶ 阿格莱亚,希腊神话中的光辉女神,美惠三女神之一,也是其中最年轻的。其他两位分别是代表快乐的欧佛洛绪涅、代表鲜花盛放的塔利亚。

❷ 玛卡里亚,意为受祝福的,安息女神,冥王哈德斯之女。

在我正跟他窃窃私语的时候，突然我的心头涌起一股兄弟般的热情，促使我不禁紧紧抱住它的头，爱抚它一直到揉乱它头上的鬃毛为止，还呵它的痒痒……它垂下眼睑，用一对软乎乎的耳朵来保护自己。等我放开它的时候，它却没有逃离的意思，只是在我身旁一会儿突然发力起跑，一会儿又冷不防收腿立定，就这样如此这般来来回回，活像一条嬉戏玩闹的小狗。

"这会儿，你可真漂亮，伙计！"我重复说了一遍。

而小银，像一个在苦水里泡大的孩子可算穿上了新衣服，羞怯地跑来跑去，望着我，它的跑跳动作和耳朵的姿态分明在告诉我：它心里美滋滋的。在马圈门口，它停了下来，假意在啃食那些红色的喇叭花。

阿格莱亚，你这专司美丽和善良的女神，在明净的晨曦之中，隐隐约约，不甚分明，现身于那棵绿叶婆婆、亭亭如盖的梨树旁,斜靠着那棵满树鲜果和麻雀的梨树,满含笑意地看着眼前的景物。

◇ 第三十九章 ◇

柯罗纳的松树

无论我在哪里驻足停留，小银，在我看来，我都好像置身于柯罗纳的松树下面。无论我身在何处——城市，爱，荣光——我都能感觉到，自己在它那蓝天白云之间伸展着的青枝绿叶下面得到荫庇。它像一座圆形的明亮灯塔，将整个航道照个一清二楚，使得我能够绕过梦境中的激流险滩；它又能指引深陷风暴中的那些莫格尔的水手，帮助面色阴沉而焦虑的他们安然渡过江河海口处的暗礁沙洲。在我艰难的日子里，它高高耸立于山巅，赋予我莫大的信心和希望。它巍峨地矗立在那崎岖的红色山坡上，这山坡是乞丐们去往圣卢卡的必经之路。

每当我沉湎在对它的回忆之中的时刻，总觉得它是那么孔武有力！在我成长的过程中，唯有对它的感觉始终如一，我觉得它总是那样的壮实伟岸，而且是日益壮大。当人们把它被龙卷风折断了的枝丫锯掉的时候，我甚至觉得好像我自己的四肢被砍掉了一样；当我偶尔突然感到身体的某个部位疼痛时，我觉得柯罗纳的松树也一定饱受同样的疼痛。

"伟大"这个词，对于它而言，就像对于海洋、太空和我的心灵一样适用，而且适用到完完全全的程度。好几个世纪以来，有过无数的民族曾经在它的浓荫下休憩解乏，人们亲眼看着浮云从天穹中飘过，就像人们曾经栖息在水面上、天宇下或者我饱含忧郁之思的心灵之中。每当我的思想在无意之中将某些形象任意颠倒放置的时候，刹那间，我会突然觉得仿佛有些东西似曾相识，就像从不同的角度所领略到的柯罗纳松树的种种形象，是某种难以名状的变了形的永恒图景。在恍恍惚惚的时候，我似乎听到它在召唤着我，让我去到那里安息，好像应该就此结束我生命的旅程，真正而永远地结束。

◇ 第四十章 ◇

达尔朋

小银的医生名叫达尔朋,身板肥肥的,活像一头憨憨的阉公牛,他皮肤红润得像西瓜。体重足足有十一阿罗瓦❶。据他自己宣称,他的年龄是三个杜罗❷,也就是面值五元的银币乘以三。

他说起话来,总是很难维持抑扬顿挫的腔调,就像一架陈旧的钢琴,不是缺了琴键就是断了琴弦;有时候在该清晰出声的地方,他却反而只是向外出气,听起来"嘶呀"或是"唏呀"个不停。更有甚者,这点闪失还伴有一系列肢体语言:他总是用夸张的姿态敲着臂膀、拍着手掌,神态迷糊地摇晃着身体,外加还有许多抱怨

---

❶ 阿罗瓦,重量单位,合 11.5 公斤或 25 磅。十一阿罗瓦,约合 250 斤左右。
❷ 杜罗,银币名,相当于 5 比塞塔。

声不断地在喉头咕咕哝哝，手帕也用来擦拭不断喷出的口水。总而言之，他的表情和姿态俱全，简直堪称晚餐前一场不赖的抒情音乐会。

他既掉了臼齿，又掉了门牙，几乎只能啃得动面包心，而且他在吃之前，还要先把面包心放在手里揉得软软的，再搓成一个小球，最后才送进嘴里！在那儿，他还不得不待上足足一小时不停摆弄，面包球翻来滚去也足足一小时，然后再放进口里一个，再放一个，再放一个；他的牙床不断咀嚼的时候，胡子就不断地碰到他的鹰钩鼻。

我说他像阉公牛一样肥硕，是有道理的。果不其然，他坐在门口的木凳上，竟然几乎能把整座房子挡住。但只要他一见到小银的时候，他的心马上就软化了，活像一个温柔的孩子。如果他看到一朵花或一只鸟,他会张开他的整个嘴巴,喜笑颜开。但是这种欢笑却难以持久,总会在一场无法忍住的哭泣中收场。等心情平复下来之后,他就会张望着苍莽原野中的公墓那斑驳模糊的远影,久久凝视着,不移动视线:

"我的女儿啊,我可怜的小女孩呀……"

◇ 第四十一章 ◇

孩子与水

　　灼热的太阳光炙烤着积满尘土的大院,使得它更显得干燥而气氛沉闷,即使你踩到地面的动作再轻再慢,白色的尘土也会到处扬起,直到你万般无奈要蒙上你的眼睛。孩子和泉水在一起,快乐和天真就结合成为一体,但却各自保持着自己的灵魂。虽然周遭连一棵树都没有,可是心里却充满并向往着同一个名字,那用眼睛在普鲁士蓝的天穹上反复写成的大字熠熠闪光:绿洲。

　　清晨已经让位于午睡时刻,一个烈日炎炎的天气,在圣弗朗西斯科的院子里,知了扯开了嗓子尖声聒噪,似乎铆足了劲儿要把橄榄树锯开。孩子的脑袋在当头的烈日下曝晒着,可是他竟然对热浪毫无察觉,因为他被泉水深深吸引住了。他躺在地上,把手放在潺潺的泉水中,水在他的手掌心里颤动,形成一座清凉怡人、随意可变的水晶宫,他那黑色双眼凝视着,含着深深的喜悦之情，因为这水晶宫娇惯着他的眼睛。他抽动着鼻子自言自语，而另一只手在破衣烂衫里东抓西挠。这座宫殿虽然总在那里，却也不断变化其形态，游移不定。孩子聚精会神，控制自己的动作，好似手上捧着一块颤动的玻璃，又好似拿着一个一触即变的灵敏的万花筒，谨慎小心地防止自己的脉动和心跳碰碎或改变水的真实形象，这种形象令人万分惊奇，如同他刚刚发现似的。

"小银啊，我不知道你是否会明白我在说什么，那孩子掌中的水，就是我的心灵。"

◇ 第四十二章 ◇

友谊

我们很了解彼此。即使我让它随心所欲地走动,它也总是会把我带到我想要去的地方。

小银知道,每当走到柯罗纳松树时,我定会喜欢亲近那树干,并抚摸它,树冠疏疏朗朗,如大鹏的羽翼一般伸展开来,我喜欢透过树冠去仰望苍穹;它还知道我很喜欢这条小径,它穿过草地,来到古老的喷泉旁;它一定知道,对于我来说,站在松林的小丘上去看小河,去看那高高的小树林,在那里可以让人思潮澎湃、浮想联翩。如若我骑在它的背上迷迷糊糊入睡,那么每当我睁开眼睛时,目之所及的一定都是那么亲切和壮美的景象。

我对待小银就像对待孩子一样。如果道路崎岖不平,我就会跳下它的背来,为它减轻分量。我亲吻它,哄它高兴,又逗它生气……它深知我是疼爱它的,因此它对我毫无芥蒂。它是如此像我,多么与众不同,以至于我开始相信它定能感知到我的梦境。

小银,它把一种少年特有的热忱奉献给我,没有任何怨言。欢迎你提出抗议。我知道我就是它的幸福所在;它甚至会因此从别的驴子和人身边跑开……

第四十三章

催眠的姑娘

卖炭人家的姑娘,虽然浑身上下脏得活像一枚小镍币,但模样却俊俏秀丽得很,一双黑眼睛闪闪发亮,满面烟尘之中那饱满的小嘴,红红的,像是马上就要滴出鲜血来一样。她坐在茅屋门口的瓦片上,摇着弟弟哄他入睡。

挥汗如雨的五月天,在炎炎烈日的白色天光中颤动着,真像是到了太阳的深处一样。在明亮的宁静氛围中,你能听到田野里人声鼎沸,牧场上马儿的嘶鸣,海风拂过密密的桉树林时发出的欢笑声。

卖炭人家的女儿用甜蜜的嗓音,深情唱道:

我的宝宝要睡觉啊
牧羊人真疼爱他啊……

歌声止住了。树梢有风掠过……

……宝宝呼呼睡着了

哄宝宝的姑娘也睡着了……

一阵风……小银在被烈日炙烤的松林中,温顺地一步步走着……然后在阴凉的地上躺倒,像在母亲悠长的哼唱声中酣然入睡的孩子一样,也迷迷糊糊地合上了双眼。

◇ 第四十四章 ◇

庭院里的树

这棵树是槐树,小银;我为自己手植的这棵槐树,是一丛绿色的火焰,在一个又一个春天里,它生长着,现在它用它那茂密而舒展的绿叶覆盖着我们,漏出从西方天际射来的斑驳阳光。如今这房子被人锁起来了,但是当我从前住在那里面的时候,它却是我诗歌中最理想的抒情对象。它的任何一根枝条,四月时都尽力点缀着绿翡翠,十月时都尽力装饰着黄金。只要向它投以一瞥,那么我就立刻会觉得神清气爽,像诗歌女神缪斯把一只最明净的纤纤细手搁上了我的额头一样。从前,它是如此美丽、轻盈和灵秀!

可如今,小银,它差不多成了整个庭院的女主人。变得如此伟岸粗壮!我不知道它是否能回忆起我。对我而言,总感觉它是另一棵槐树。在我把它遗忘的这段时间里,我以为它根本不存在了,可是春天却年复一年任由它尽情成长,我对它原来寄予的亲情也逐渐疏远冷淡。

今天已经没有什么可说的了,尽管它是我亲手植下的树。小银,当我第一次抚摸它的时候,我的心里总是充满了情愫。可是原本我那么喜爱和熟识的树,当我再次见到它时,居然失去了共同语言,变得无话可说,这真是令人悲哀啊!没什么更多的话要说了;不,也不必再看了。我的竖琴已不再悬挂在融化斜阳里的槐树上。那些可爱的树枝,也不再给我提供任何主题。可是在生活中我曾经多次来到这里,带着一种音乐般的孤独幻想,清新而芬芳。而现在我感觉心灰意冷、郁郁寡欢,我想离开此地,就好像要决意离开赌场、药房,或剧院一样,啊,小银。

◇ 第四十五章 ◇

患痨病的姑娘

在刷着白灰的冰冷卧室中间,她直挺挺地坐在一张凄凉的椅子中,脸色苍白,黯淡无光,像一朵被摧残了的晚香玉。医生建议她到野外去晒晒五月的阳光,尽管那时节的阳光依旧冰凉。但这个可怜的姑娘已经走不动了。

"当我走到桥那儿去的时候,"她对我说,"你看见了,先生,就是那边,我连气都喘不上来了……"

那充满稚气的声音,细弱欲无,断断续续地飘落下来,如同夏日里飘落下来的微风,倦怠慵懒。

为了能让她做一次短距离的散步,我把小银让出来,换给她骑上。她虽然面如死灰,但是却绽放出了快乐无比的笑容!她的脸又尖又瘦,好像只让人看得见一对黑眼睛和雪白的牙齿……

……那些女人从门缝里偷偷地注视着我们经过。小银走得极慢极慢,仿佛它知道自己背上驮着一朵用玻璃做成的百合花,这朵花脆弱易碎。那姑娘穿着蒙特马约圣母穿的那种风格朴素的长袍,系着红色的腰带,像一位天使 —— 高烧和企盼之心使得她容光焕发 —— 穿过村子,向通往南方天堂的大道走去。

◇ 第四十六章 ◇

罗西欧节

"小银,"我对它说,"我们去等游行车队吧。他们会带来遥远的多尼亚纳森林的喧嚣,阿尼玛斯松林的秘密,以及罗西纳的芳香……

我带着它出发了,打扮得既漂亮又奢华,这一切的准备都是为了在太阳光芒四射的下午,到富恩特街和那里的姑娘们说几句套近乎的话。一条夕阳的光带透出淡淡的玫瑰色,正从低垂的屋檐下的粉墙上渐渐消失。然后我们走上窑坎,那里地势很高,站在那里可以把整个平原上的道路一览无余。

车队已经来了,他们正在往山上走。罗西欧节的蒙蒙细雨,从一片淡紫色的浮云中,轻柔地洒落在绿色的葡萄园中。但雨水却无法使得任何人对落下的雨水抬头瞧上哪怕是一眼。

走在最前面的是毛驴、骡子和马,它们无一例外,尽是些摩尔人风格的打扮,它们披着摩尔式的斗篷,鬃毛被编成辫子。此外,成双成对的快乐恋人走在队伍中,男的兴高采烈,女的大胆泼辣。那些活跃的人群,沉浸在一股毫无目的的疯狂情绪中,不停地追赶着来回在队伍中穿插。在这后面跟着的马车上,是一群酩酊大醉的醉鬼,他们发出震耳欲聋的喧闹声,看上去既粗野又混乱不堪。再后面的大车,装饰得像大床一样,垂挂着白色的帐幔,华盖之下坐着一群棕色皮肤的姑娘,像无数人造的鲜花。她们不断地按照节拍敲着小手鼓,尖声细气地唱着塞维利亚的歌。更多的马、更多的驴随后滚滚涌来……

干瘦的秃顶总管红光满面,他大喊道:"罗西欧圣母节万岁!万岁!万万岁!"他背着宽边礼帽,金色权杖紧贴在马镫上。最后拉着车出现的是两头温顺的阉牛，它们好像是主教大人一样，浑身挂满了色彩鲜艳的装饰物。身上不少镜片闪闪发亮，反射着淋了雨水的阳光，七颠八倒的反射影像比比皆是。那对公牛摇头晃脑地往前走，拉动装饰着紫晶和白银的无原罪圣像，步伐走得歪歪扭扭，在这辆白色的车上堆满了鲜花，像个凋零破败的花园。

现在能听见音乐声了，夹杂在钟声、烟花爆竹声和马掌蹄铁敲击石板的声音之间……

于是，小银前腿弯曲，像个女人一样跪下了，带着温柔、谦卑和娇滴滴的模样，这是它与生俱来的一种本能！

○ 第四十七章 ○

龙沙 [1]

小银的缰绳已经被解开，它现在得以自由自在地在草地上，在洁净的雏菊之间吃草，而我则挪到一棵松树下，从摩尔式的马鞍袋里拿出一本袖珍小书，打开夹着书签的那一页，躺下来并高声朗读道：

看枝头五月的玫瑰，
在它最美的青春年岁，绽开了一朵蓓蕾，
青天也嫉妒它的艳美……[2]

松树上，在树枝的最高处，一只外貌普普通通的小

---

[1] 龙沙，即皮埃尔·德·龙沙（1524—1585），又译作龙萨，法国诗人。
[2] 本章所有诗句原文为法语。

鸟跳跃着,鸣叫着。绚丽的阳光把它和伸展着的树冠都染成金黄色。能听见小鸟在枝头飞翔跳跃,叽叽喳喳地叫着;还能听见小鸟啄食时果实的外壳破裂的声音。

……嫉妒它艳丽的色彩……

一个硕大的、暖烘烘的东西,突然像一个有生命的船头,从我的肩头驶过。无疑,这绝对是小银。俄耳甫斯的七弦琴将它吸引过来了,要来和我一起阅读。于是我们念道:

……艳丽的色彩,
当黎明的曙光射向她的泪珠儿……

但是小鸟大概消化得太快了，又开始叽叽喳喳地叫唤了，用一种极不协调的音调，遮掩了我们吟诵诗句的声音。

刹那间，龙沙失去了对他写的十四行诗的记忆，"在我的睡梦中疯狂地拥抱的时候……"他一定在地下笑了……

◇ 第四十八章 ◇

拉洋片的老头

突然,一阵分不出轻重缓急的沉闷鼓声疾速地打破了街上的寂静。接着,就听见一种有气无力的嘶哑声调,有人颤抖着发出一声曳长的喊叫声,好似悠长的喘息声。还听到一阵脚步声,这分明是街上有人正往下飞奔而去……孩子们大叫:"拉洋片的老头来啦!拉洋片的!拉洋片的!"

街角,一个绿色小盒子,插着四面玫瑰色的小旗帜,镜头朝着太阳,蹲在它的马扎上等着愿者上钩。老人打着鼓,一群身无分文的孩子,双手插在口袋里或放在背后,围在小盒子旁,默不作声。没多久,一个孩子跑过来,把一枚硬币放进老头的手掌心。然后他走上前去,把眼睛凑到镜头上……

"现——在你会看到……普利姆将军……骑在他的白马上啊……"那个老头不耐烦地用外乡口音说道,

一边还敲起了鼓。

"……巴塞罗那的……码头啊……!"小鼓的鼓点更急促了。

其他的孩子也带着他们的硬币来了,他们一来,就把早已准备好的硬币,伸到老头面前,全神贯注地看着他,等候着准备去购买他的幻想。

老人又喊上了:

"现——在你会看到……哈瓦那……的城堡!"鼓声又敲响了。

小银、小女孩和对面人家豢养的狗,都一溜烟儿跑去看拉洋片了。为了凑趣,它也把偌大的脑袋挤到孩子们中间。老头突然开始对它逗乐了,对它嚷道:"你可得把硬币交来哟!"

没有钱的孩子们带着毫无指望的表情讪笑着,只能用夹杂着谦卑和阿谀奉承的神色,一眼不眨地望着老头……

◇ 第四十九章 ◇

路边的花朵

小银,路边的这朵花是多么美丽纯洁,多么亲切啊!所有过路的——牛群,羊群,马群,人群——都打它身旁经过;它还是那么温柔而娇弱地继续单独挺立在土坎那里,淡紫色花瓣是那样的妩媚娇柔,从没受到哪怕是一丁点儿污垢的沾染。

每天,当我们上坡穿过小径走近它时,你会看见在它所属的领地上总是有一只小鸟从旁边飞起——为什么?可能是因为它像一只小小的奖杯,盛满了倒映着夏日云彩的一汪清水;也可能是因为它宽容地接受了一只蜜蜂的肆意打劫;还可能是因为它把蝴蝶当成了能自如活动的装饰物。

小银,这朵花只能存活短暂的几天,但是在回忆之中它却是永恒的。仿佛在你生命中春季的一天,或者是我生命中的一个春季……

我能拿什么来和秋天交换,小银,来换取这朵神圣美妙的花,让它作为我们每天朴实而永恒的榜样呢?

◇ 第五十章 ◇

洛德

我不知道你会不会看一张照片,小银。我已经让村子里的一些人看过照片,可是他们什么名堂也没看出来。好吧,那我告诉你,小银,这是洛德,就是曾经和你说过的那只猎狐犬。看,它在这里,你看见了吗?在大理石铺就的庭院里,在种植海棠花的花盆之间,它在一张坐垫上享受着冬日的阳光。

可怜的洛德啊!它来自塞维利亚,当时我在塞维利亚画画。它是纯白色的,光亮得几乎没有颜色,像贵妇人的大腿一样丰满,它反应机警而且行动神速,像管子口中喷溅出来的水柱。倏忽之间,它的黑影来回窜动,就像蝴蝶在飞行中的起起落落。它两只明亮的眼睛,就是两个饱含着高贵而丰富的情感的音符。它具备如痴如醉的癫狂天资和灵感。有时,在大理石铺就的庭院中放置的白椅子之间,它会莫名其妙地做着令人头晕目眩的旋转动作。那是五月里,阳光穿过凸窗上的红色、蓝色和黄色的玻璃,像堂·卡米洛画的鸽子一样……有时它又爬上屋顶,惊动了鸟巢中的雨燕,惹得它们发出一阵阵喧哗。玛卡里亚每天早晨都给它擦肥皂洗身子,因此它总是光鲜干净,像阳光下的粉白色女墙,小银。

我父亲去世时,它整夜蹲在他的棺材旁守灵。有一次我母亲病了,它又一头躺在床脚边,一个月没吃没喝……有一天,有人来到我们家,说一只疯狗咬了它……我们不得不把它拴到卡斯蒂约酒窖边的杏树上,使它远离人群。

当它在小巷子里被带走的时候,它回头时留下的目光,仍然时时刺痛着我的心,小银。就像一颗消逝的星星的光芒,虽死犹存,带着强烈痛苦的情感,已经超越自身的消亡……每当有形的痛苦刺痛我的心的时候,出现在我眼前的是那条细长的生命之路,这条路通向永恒之境,多么像洛德留下的、永不消逝的目光,这目光烙下了种种苦难的印记。

◇ 第五十一章 ◇

井

井! ……小银,多么深奥的一个字,那么青绿,那么清凉,那么响亮!这个字眼好像在阴凉的地面上旋转着,周而复始,慢慢钻下去,直达沁人心脾的凉水。

看!无花果树装点着井栏,可同时也把它弄得乱糟糟。在里面,在伸手可及的地方,一层绿苔覆盖着用砖石砌成的井壁,在绿苔之间,一朵蓝色的花绽放其间,香气袭人。再往下,是一只燕子居住的窠巢。除此之外,更在其下的便是一间阴暗然而坚实的厅堂,是一座翡翠般的宫闱,一个池塘。当你把一颗石子扔进池塘,破坏了它的宁静安逸,它准会勃然大怒起来,开始发出瓮声瓮气的咆哮声。到最后,浮现在眼前的就是一片悠悠天宇。

(夜幕降临,夜色闯进去了,月亮在里面点起了灯火,底下有闪烁的今夜星辰作为陪衬的装饰物。一片静谧！生活沿着道路通向远方。灵魂逃离，却钻入深井最深的地方。穿过它，甚至能看见黄昏的另一端。从井口中，好像会升起一个夜的巨人，世界上所有的隐秘都被他掌控着。哦，奇异又安静的迷宫，幽暗又芳香四溢的花园，具有妙不可言的磁力的魔法大厅！）

"小银啊，如果有一天，我自己跳入这口井里，请相信我，那不是为了自杀，而是为了能尽快摘到闪烁的星辰。"

小银叫声嘶哑，它渴得要命，盼望着饮水。此时，一只寂寞但却贪玩的燕子，惊慌失措地从井里飞了出来。

◇ 第五十二章 ◇

杏子

穿过狭长的萨尔巷,走到尽头,就能看到钟楼矗立眼前。这小巷幽深曲折,经过粉刷,在蓝天和太阳光的交相辉映下,泛着紫罗兰一般的色彩。在不断吹拂的海风侵蚀作用下,小巷朝南的一侧墙面,愈发显得黑漆漆的,表皮也日渐剥落了。有个孩子,陪着一头驴,慢悠悠地走过来。小男孩个子不高,因为孩子的身子在阳光下的剪影轮廓表明了这一点。孩子看上去比他身后挂着的宽边帽子还要小,作为山民,他的心沉浸在民歌的想象中,他低声吟唱着:

……带着极度的疲劳,
我向她请求……

驴子被放开了,一点一点地啃食着小巷中稀稀落落的脏草,驴背上驮着一些分量不重的东西,它自己却像泄了气的皮球,垂头丧气的。有时候,男孩好像突然醒悟过来,自己已经来到了街巷之中,于是马上收住脚跟,叉开他沾着泥巴的小腿,还紧紧蹬着,好像要从地上获取某种力量。他用手在嘴边拢成喇叭状,发出一种夸张的声音,卖力地吆喝着,但声音里仍然透着一股稚嫩的孩子气:

"杏子啊——"

然后,就像迪亚兹神父说的那样,他似乎对这笔买卖毫不在意,他转而又低声吟唱起了音调深沉的吉卜赛歌谣:

……我没有伤害你,

今后也不会伤害你……

同时,他随手抄起棍子,敲打石头……

此刻,传来热面包和松木的香味。又轻又缓的微风轻拂过小巷。突然,头顶上传来三点钟报时的钟声,原来是大钟连带着作为装饰物的小钟在一起奏响。接着,它们用有节奏的不断轰鸣声,预告了节日的来临。喇叭的喧嚣,班车离开村子时的铃声,以及午睡时的寂静,全都被这钟声的洪流淹没了。空气从屋顶上方带来一片晶莹剔透、光芒四射而且动荡起伏的海洋,这片海洋透着一种芬芳,这是一片不见任何人影的海洋,反复涌起的波涛在倦怠和寂寞的氛围中闪着光亮。

男孩又一次回过神来,重新止住脚步,喊道:

"杏子啊——"

小银不打算离开。它注视着那孩子,边嗅边碰男孩的驴子,两头驴子凭借摇头晃脑的姿势算是相互结识了,但到底是何种相同的动作,我却不甚明了,总之,那情形让我略微想起了白熊……

"好了,小银,我该让男孩把他的驴子给我,然后你就跟着他一起去卖杏子吧,嗯!"

◇ 第五十三章 ◇

踢上了一脚

我们要去蒙特马约农场的农舍,给小牛烙上铁印。下午,天空万里无云,天气十分炎热,可鹅卵石铺成的院子里,却让人感觉很阴凉。一群健壮的马儿显得无忧无虑,庭院里回荡着嘶鸣声,妇女们爽朗的笑声,还有狗尖着嗓子的狂吠声。小银在角落里待着,显得颇不耐烦。

"可是,伙计,"我说,"显然你不能跟我们一起去,你还太小……"

它一下变得急躁起来,以至于邀请那个傻瓜骑上它的背,好让我们带它一起走。

……骑在马背上真叫惬意!穿过阳光明媚的田野,河岸挂着笑容,一片片的水洼犹如一片片破碎的镜片,映出了太阳的尊容,耀眼的反光犹如黄金一般,那些关闭了的磨坊在水中也加倍放大了。马匹的步子整齐有力,一路疾行,小银则迈着急速的碎步,心情紧张,生怕自己和傻瓜一起被孤零零地留在路上。它努力坚持使自己不至于掉队,就像里奥廷托的火车轮子急速转动一样。突然猛听得一声响,像手枪的射击声。原来,小银的嘴无意碰到了一匹小花马的屁股,而那匹小花马用一个快速有力的后踢动作还以颜色。当时没有人理会这事,但我看见小银的一条前腿流血了。我翻身下马,用一根刺和一根鬃毛,把破了的血管缝好。然后我让傻瓜带它回家。

他们两个走了,万分不舍,动作迟缓,经过村子下面干涸的小河床的时候,还转过头来看着我们这群风驰电掣般绝尘而去的人马。

我从农舍回来后,去看小银的时候,我发现它情绪低落,难掩悲伤。

"瞧,"我叹了口气,"你不能跟着别人不管什么地方都去吧?是不是?"

◇ 第五十四章 ◇

"驴"这个字

我在字典里查到"驴"这个字,其引申义为:对驴子的描写,具有讽刺意味。

可怜的驴子!你是如此善良,如此高贵,如此聪明!具有讽刺意味……为什么?你没有被人认真描写,那些对你认真描写的文字,难道不是一个春天的故事?应该把心地善良的好人叫作"驴子"!反过来呢,应该把心肠歹毒的恶驴叫作"人"!具有讽刺意味……就你而言,你的智商这样高,是老人和孩子的朋友,小溪和蝴蝶的朋友,太阳和狗的朋友,花和月亮的朋友。你吃苦耐劳,慎思笃行,气质忧郁,但又亲切待人,堪称草地中的马可·奥勒留❶……

---

❶ 马可·奥勒留(121—180),罗马帝国最伟大的皇帝之一,著名的斯多葛派哲学家。

小银无疑懂得我的意思,它用它那双温柔、坚实、闪闪发光的大眼睛凝视着我,那双眼睛是一对凸起着的墨绿色苍穹,虽是小小的,却光彩照人。

啊!如果它那毛茸茸的、带着诗情的大脑袋,知道我是在为它说公道话,那么它就会懂得我比那些编写字典的人要强得多,而且几乎是和他一样好!

我在这本书的空白处写道:"驴"字,其引申义为:应该说,当然具有讽刺意味,讽刺那些愚昧无知的编写字典的家伙。

第五十五章

耶稣圣体节

从花果园回来,刚刚穿过富恩特街道,钟声又响起了;在小溪那边,我们已经听到过三次钟声了。那最高处的青铜发出呼号,震撼着白色的村庄。它那婉转悠扬的音色声震四面八方,在白日辉映下,在因爆竹纷纷炸裂而腾起的黑色浓烟和刺眼闪光中,在铜管乐器发出的呕哑嘲哳的声响之间久久回荡。

这条街道刚刚粉刷过白灰,四周点缀着赭红色的边框,路边种着白杨树和灯芯草,它们全都穿上了绿衣裳。床单悬挂在各家各户的窗口,随风飘动,色彩亮丽:有紫色花缎的,有黄色细纹棉布的,还有天蓝色绸缎的。在办丧事的人家的窗口,理所当然就悬挂着一条全羊毛织成的黑色缎带,那是为丧事专用的。在街角最尽头的那家的廊檐下方,十字架在缓缓行进,上面的众多碎镜片闪闪发光,是西边天空的落日余晖和烛泪淋漓的红色蜡烛使然。祝圣者的行列慢慢走来：胭脂红的旗子下，是面包师的守护神圣罗克，他带着满满的一筐螺旋状的软面包；浅绿色的旗子下，是水手们的守护神圣特尔莫，他手里拿着一艘银质的船；黄色的旗子下，是农民的守护神圣伊西德罗，他带着一对公牛；还有更多的彩旗，更多的圣徒，之后是圣安娜，圣安娜在教导着孩提时代的圣母玛利亚，还有棕色的圣何塞圣像，以及蓝色的无原罪圣母像……最后，在国民警卫队前呼后拥般护送下的，是香烟缭绕中的一座金银镶嵌的神龛，这座神龛精雕细刻，做工考究，通体笼罩着肃穆庄严的香云，它装饰着饱满的谷穗和翡翠一般晶莹剔透的新鲜葡萄。

　　傍晚时分，一阵又一阵拉丁文的祈祷声浪冉冉升起略带安达卢西亚口音。下午即将逝去，太阳已经变成了玫瑰色，落日的残阳又低又斜地投射进里奥街，相应地，黯淡的夕阳也泼洒在陈旧的镶金白袍和无袖罩衫上面。宁静的六月天显得十分光洁，犹如光滑洁净的鹅卵石一般，在红色钟楼的四周，鸽群在高高地比翼飞翔，似乎在编织一顶花冠，洁白无瑕，熠熠生辉……

在寂静的空隙，小银也乘兴鸣叫起来。它温柔的叫声，融入了钟声、爆竹声、拉丁语祈祷声和莫德斯托的音乐旋律，所有这一切，使得这种神秘莫测的日子一下子变得明朗起来。小银的叫声使得傲慢变为平和，使得神圣化作平凡……

◇ 第五十六章 ◇

散步

盛夏小路旁的低洼处，缀满了娇柔可爱的金银花。我们一路走来，心情多么舒畅啊！我要么念着诗，要么唱着诗，要么抬头向青天吟诗。小银则待在土坎阴影处，要么啃一点稀疏的嫩草，要么咬几口蒙着尘土的紫色锦葵，要么品尝一下黄色酸模花。小银停住不动的时间比走路的时间还长。我由着它的性子来……

天空湛蓝湛蓝的。如果透过挂满累累果实的杏树顶端的树冠，抬起头向上仰望，就会不由得生出心旷神怡之感。亮得耀眼的田野却显得孤寂而酷热，河面静得连一丝微风都没有，一片白帆倒映水中，缓缓向前航向。朝向山的那一边，一场火灾引起的浓烟正向空中升腾，烟雾缭绕，最后形成一团又一团的黑云。

我们确实没有走远。诚然，就像一成不变重复着的生活中那平静而安逸的一天，我们不必去理会奉若神明的天空,奔向海洋的河流,更不必理会火焰带来的悲剧!

我们闻到橘子树的芬芳气味,听到水车上铁器发出带着清凉气息的欢笑声。小银叫着,高兴得欢呼雀跃起来。这是多么适合消遣解忧的时日!我走到池塘边,将杯子装得满满当当,然后啜饮着那由白雪融化成的清水。小银则把嘴探进阴影遮盖下的水面,这儿喝一点,那儿喝一点,待在清洁无尘的地方贪婪地不断畅饮……

◇ 第五十七章 ◇

斗鸡

我不知道该拿什么来比拟那些不愉快,小银……那种刺眼的紫红和金黄,无法像蓝天上或海洋上的国旗那样令人心潮澎湃……是的,假如有一面国旗飘扬在斗牛场的蓝天上……在摩尔式的建筑上……比如在通向塞维利亚的韦尔瓦车站上;或者在加尔多斯的书籍中,在专卖店的样品中,以及展示另一场非洲战争的质量低劣的图片中。无论那些广告,还是图片中的红色和黄色,都会令人产生不适感……凡此种种,必定会给我带来一种不愉快的感触,仿佛见到一副制作工艺精美的纸牌上印着的牧畜身上的金色烙印,或者是烟草盒和葡萄干盒里面藏的画片,酒瓶的商标标签,港口学校的奖状,巧克力上的印花一样……

我去那里干什么?到底是谁带我去的?我依稀记得,那是在一个暖洋洋的冬日的正午时分,包括莫德斯托乐队的短号吹奏出的旋律……新近酿制的酒散发出的酒香，氤氲的烟草香气和弯弯的腊肠的肉香……有议员，有市长，还有李特里，在韦尔瓦家喻户晓的那个体格壮硕的斗牛士……小小的斗鸡场是绿色的；木制围栏挡住了蜂拥而来、你推我挤的人流，人人都有张充血的脸，就像是双轮大车上载着的乳牛内脏，或是刚刚屠宰好的新鲜猪肉。这些脸上的眼睛瞪得鼓鼓的，流露出狂热情绪、蒙眬醉意和那强烈而卑劣的内心冲动。这些眼睛全都在大喊大叫……热浪滚滚，所有人都挤在一起——多么小的斗鸡世界！

太阳高悬在天空中，光线不间断地穿过毛玻璃，那玻璃像有人在上面画了青烟并细细涂满一样，可怜的英国公鸡，瞪着一对血红的眼睛，神态像恶魔附身，令人发怵和不快。这一对眼睛把观众的深仇大恨刺进对手，并且用黄色的鸡爪相互撕扯……顿时尘土飞扬……斗鸡们既默不作声,也不看什么,好像一切都空虚无物……

但是我呢,为什么在那里,而且心情还如此糟糕?我不知道……我有时注视着一块厚厚的破布在空中飘动,我觉得那似乎是里贝拉的帆布,是一棵茂盛的橘子树,满树白花在绚烂的阳光照耀下香气扑鼻……多么美好啊——我的灵魂也散发出香气——这鲜花盛开的橘子树,这亲切和畅的惠风,这高悬于云霄之上的太阳!

……然而我还是没有离开……

◇ 第五十八章 ◇

黄昏

夕阳西下,似乎倦意浓浓,斜照着幽隐的村庄,一片寂静无声。在纷乱的回忆之中,那些远逝了的一切,虽然显得陌生又难以捉摸,但又是多么诗意盎然!整个村庄弥漫着一种使人意乱情迷的蛊惑之感,如同笼罩着十字架的那种历久不散的哀思。

星星看上去明亮而又洁净无比,星光下,堆在打谷场上的谷粒颗颗饱满,干干净净,散发出香气。谷粒堆成黄色的小山丘,但这些小山丘质地柔软,形状变化不定——噢,所罗门!工人们用低哑的嗓音哼唱着歌曲,带着昏昏欲睡的倦意。寡妇们坐在门槛上或门廊里,思念着去世的亲人——他们其实还在近处酣睡,就在马厩围栏的后面。孩子们从这片树荫下跑到另一片树荫下,就像鸟儿从这一棵树飞到另一棵树一样……

或许,在简陋房屋的石灰外墙上,在逐步变得昏暗的煤油街灯的光影之间，走过来一批面目模糊不清的人。这些人全都满面风尘，因内心感到痛苦不堪而缄默无语——他们是初来乍到的乞丐。一个偶尔也会做点儿偷鸡摸狗勾当的葡萄牙人，正要去地里耕作。暮色中那温暖的斜阳缓缓发出紫红色光芒，显示出些许的神秘气氛，照着人们眼前再熟悉不过的事物，和他们黑色的外表及胆怯的神情，形成无比鲜明的对照。小孩子们都走开了，在那些因没有灯光照明而显得幽暗和神秘的门洞里，人们在谈论另外的某些人，说他们要把孩子们的人油榨取出来，然后拿去给国王的女儿医治疹病……

◇ 第五十九章 ◇

印章

那玩意儿着实像一块表,小银。只要我们将小小的银盒子一打开,它就出现了,紧压着那边紫色印墨的布,活像一只小鸟蹲在巢里。真是有趣极了,只要拿起它朝白皙的手掌心按压一下,我的手心里就立刻出现他的人名图章上的紫颜色文字,是细细的笔画构成的:

弗朗西斯科·鲁伊斯 莫格尔

我极度梦想着拥有这样的印章,像在卡洛斯的学校里我的这位朋友一样!有一天,我在一张旧书桌上发现了一小块铅板,我试着去拼我自己的名字。但非常不幸,我总是拼不好,因而总印不好。不像他的那枚图章,不管是在书上、墙上,甚至身体上,都可以轻轻松松盖上他的大名:

弗朗西斯科·鲁伊斯　莫格尔

一天，塞维利亚人阿里亚斯来到我家，阿里亚斯是个银匠，还是货郎，专卖文具。他有着多么吸引人的尺子呀，圆规呀，各种颜色的墨水呀，还有印章！各种尺寸，各种式样的印章应有尽有。我打碎了小小的储钱罐，找到了一枚攒下的银币，我委托他为我做一个有我的名字和村名的印章。那个星期显得真漫长啊！当邮车到达时，我的心怦怦跳动得多厉害啊！当邮差的脚步声在雨声中由近及远地离去时，汗水浸润着我的悲哀！终于，有一天晚上，邮差把它带给了我。这是一个小巧而复杂的装置，有铅笔、钢笔、封火漆要使用的大写字母……我根本一无所知！没承想，我轻轻按一下按钮，就出现了一颗崭新的、闪闪发亮的印章。

"家里还剩下什么东西没有盖印呢?""还有什么物品还没有归我所有呢?"假如别人向我索要印章——那么可得当心!那会磨坏的!——那样的话,我心里该有多么不舒服啊!第二天一大早,我兴高采烈,急急忙忙地带着所有家当去了学校:书本、衬衫、帽子、靴子,还有手,所有这些,上面都盖上了图章:

胡安·拉蒙·希梅内斯　莫格尔

◇ 第六十章 ◇

狗妈妈

　　我对你提及的狗妈妈，小银，就是射手洛巴托的那只母狗。你对它再熟悉不过了，因为在去雅诺斯的路上碰见过很多次了……你还记得吗？它那身金黄色掺杂着白色的绒毛简直就像五月里的一片晚霞……它生了四只小狗宝宝，挤牛奶的莎鲁德把它们都带到马德雷斯的小屋子里去了，因为她的儿子正疾病缠身，路易斯先生对她说需要喝乳狗汤。你得知道，从洛巴托的家到马德里斯桥很远，当中还需要经过塔布拉斯岔路口……

　　小银，他们说这只狗整天疯了似的，不停地进进出出，它冲到路上，爬上围坎，四处去搜寻，在人们的身边嗅来嗅去……在晚祷进行的时候，人们还看见它在看门人奥尔诺斯小屋旁边的一些煤堆上徘徊，面对着落日呜呜哀鸣不已。

　　你要知道，从恩梅迪奥街到塔布拉斯岔路口距离有多么远……狗妈妈在黑夜里来来回回跑了四次,每一次嘴里都叼着一只小狗。小银啊,第二天早晨,当洛巴托一打开门,就看见狗妈妈趴在门槛边上,温顺地望着他,所有的小狗崽全围在狗妈妈身边,小狗崽们纷纷蠕动着身体,一个个向前探着身子,抢着去吮吸它那饱满的玫瑰色乳头……

◇ 第六十一章 ◇

她和我们

小银,她出乎我们的意料抽身离去了——去往何方呢?坐在那烈日高照下的黑色火车里,沿着高高路基上向前伸展的铁轨,穿过厚厚密布的白云,向北疾驰而去。

我和你正徜徉在金黄色的滚滚麦浪之中,那里遍布着血滴般殷红的罂粟花,七月的天空已经给朵朵罂粟花穿起了灰色的花蕊。天上成片的薄云如同水汽一般——还记得吗?——淡淡的悲哀愁绪从太阳和鲜花上飞逝而过,转瞬间飘散而去,在空无一物的天空中消失得无影无踪……

娇小的头颅顶着一头金发,上面蒙着黑色的面纱……镶嵌在风驰电掣般飞驶而去的小小的窗框之中,仿佛是一幅幻想中的画像。

也许她在想:"那个愁肠百结、穿着送葬礼服的人,还有那头银色的小驴,到底是谁呀?"

会是谁呢?就是我们呀……难道不是吗,小银?

◇ 第六十二章 ◇

麻雀

　　圣地亚哥的早晨，笼罩着白色和灰色的雾霭，就像裹在棉絮里一样。人们都去做弥撒了，因此花园里只剩下麻雀、小银和我。

　　一团又一团的云偶尔会洒下蒙蒙细雨，云层下方有无数的麻雀！看看它们怎样在藤萝枝蔓之间进进出出，相互抬起鸟喙相互啄斗，并且还叽叽喳喳地吵闹个不停！这一只落在树枝上然后又飞走了，留下颤动不已的树枝；那一只俯冲飞下来，在井圈小水坑的蓝天里喝上一口；还有一只落在杂物间小小的瓦房顶上，那儿凋谢枯萎的花朵挤得满满当当，而那略带棕色的灰暗天空，使得瓦屋顶的色彩更加鲜明夺目。

　　那些生性快乐的鸟儿没有固定的节日！而它们有着天赋的真正的纯真和自由。钟声对它们来说毫无意义。它们有的只是悠闲和快乐。多么快乐啊，它们不像那些可怜之人整日里战战兢兢；它们没有某种负担，既没有天堂里的喜悦感，也没有地狱中的恐惧感；它们遵循自己的道德标准；它们的上帝就是蓝色的天宇；它们是我的弟兄，我可爱的弟兄。

它们出发旅行，既不需要金钱，也不需要行李！在任何时候，它们可以随心所欲地搬家，觉得无论何处，只要有一条小溪或者一丛绿叶，只要它们需要，它们的双翅一展开，幸福就唾手可得。它们无须知晓哪天是星期一，或者哪天是星期六。不管在什么地方，不管在什么时候，它们都可以沐浴一番。它们钟情于它们没有名字的爱侣，它们的爱遍及全球。

那些可怜兮兮的人们！当人们每逢星期天就关上大门去做弥撒的时候，麻雀突然带着活力四射的喧闹声来到这紧闭着大门的花园之中。它们的爱情生活没有仪式,它们寻欢作乐也不存在固定模式,它们是这方面的榜样;在那里,有它们熟识的一位诗人和一头性格温顺的小驴——你跟我一起来吗?——正在友善地望着它们。

◇ 第六十三章 ◇

镇长弗拉斯科·贝莱斯

我今天没法出门,小银。我刚在埃斯克里巴诺斯的小广场上读到了镇长的通告:

"凡是通行在莫格尔——这座非比寻常的城镇——的街市上的狗,如果没有佩戴与之相适应的嘴套而招摇过市者,我已经授权我的属下格杀勿论。"

这就是说,小银,镇子里出现了疯狗。昨天晚上,我已经听到枪声大作。警察们通宵达旦,不停地巡逻,途经蒙都里奥、卡斯蒂约、特拉斯穆罗。这也是弗拉斯科·贝莱斯一手促成的创举。

傻子洛利亚挨个儿朝每家每户的门窗里大喊大叫:实际上根本没有什么疯狗,事实是:我们的现任镇长,和上一任那个名叫东托的、总是爱穿着死鬼白袍的巴斯克人镇长一样,企图用枪声恐吓人们,把他们都吓跑,以此来掩护他那些用无花果和龙舌兰酿造的白兰地过境。可是假如真有一只疯狗咬了你呢?这样的事儿,我可想都不敢想啊,小银!

◇ 第六十四章 ◇

夏天

小银在流血,是牛虻咬的,伤口流出了紫红色的黏稠血液。蝉在松树上没完没了地聒噪,发出拉锯一般的声音……在片刻的沉睡后,当我睁开眼睛,沙面上变得一片雪白的景象映入眼帘,像面目狰狞的化石一样。这令人在酷热之中不禁感到一阵骤然而至的凄凉寒意。

低矮的灌木丛中,大朵大朵怒放的鲜花星罗棋布,显得悠然自得。各色各样的玫瑰花,有像轻烟一样的,有像柔纱一样的,有像薄如蝉翼的丝滑纸张一样的,它们身上还滴着四颗红色泪珠。令人窒息的雾霭,给平整的松林刷上了一层灰白色。一只从未见过的黄色小鸟,带着浑身的黑色斑点,呆呆地站在树枝上,毫无声息。

果园的看门人拿着铜器敲敲打打,试图驱赶从天而降的大群飞鸟,鸟儿想来饱餐一顿园中的橘子……当我们走到大胡桃树的树荫处,把两个西瓜切开了,随着西瓜皮裂开的清脆"喀喀"声,带着霜花的瓜瓤显露出来,呈现出玫瑰一般的红色。我一边听着远处村寨里晚祷的钟声,一边慢慢地品尝着我的半个西瓜;而小银则豪饮清水一样,狼吞虎咽着它那半个西瓜里的甜美瓜瓤。

◇ 第六十五章 ◇

山中的火

沉闷的钟声作响！……三下……四下……火情告急！

我们停止吃晚餐，怀着忐忑不安的情绪，弓着身子奋力攀登狭窄的木质小楼梯，最终爬上空旷而寂静的平顶屋。

"在卢塞纳那边！"阿尼利亚在夜色中朝楼下喊道，她在我们之前已经上了房顶……

当！当！当！当！来到了室外——总算可以喘一口气了！钟强烈撞击的声音，敲打着我们的耳膜，震撼着我们的心。

"了不得，可了不得呀……好一场大火！"

是的，远处的树木轮廓鲜明，兀自岿然不动，形成一条黑色松树林的地平线，仿佛是用红黑两种色调制作而成的珐琅,就像皮耶罗·迪·科西莫[1]的《狩猎图》,图画里面的火焰只涂上黑色、红色和纯白色。有时它发出格外明亮的光;另外的时候,红得几乎变成玫瑰色,像正在升起的月亮……八月的夜孤高寂寥,火焰像一种永恒的元素,似乎像永远存在于世……一颗流星划过半空,消逝在蒙哈斯上方的蓝色之中……我只陪伴着我自己……

栏厩里的小银发出一声嘶鸣,把我的思绪拉回到现实世界……所有人都下去了……已经到了收获葡萄的时节。在这夜晚,些微的寒意袭人,伴着柔和的夜色,我感觉刚刚从我身边过去的人,好像是我童年时候放火烧山的那个"小公鸡"佩佩——莫格尔的奥斯卡·王

---

[1] 皮耶罗·迪·科西莫(1462—1521),意大利画家。

尔德，他已经显得有点苍老了，褐色的头发里夹杂着花白的蜷曲鬈发，身材则类似丰满的女性，穿着一件黑色上装，一条棕白相间的大号格子裤，长长的直布罗陀品牌的火柴塞满了他的口袋……

◇ 第六十六章 ◇

溪流

这条小溪,小银,现在干涸了,沿着它行进,我们可以到牧马场,它还在我的旧黄皮书里。有时它就在废弃的水井旁边那里有如同锦缎般的罂粟花,被太阳炙烤得垂头丧气。有时,我感觉我把它搬到了一处遥远的乌有之乡,也许所有这一切仅仅只是我的遐想而已……

小银,就是从它这里,生发出我孩提时代的幻想,像阳光下的一朵牛蒡花。我开始惊喜于我的发现:这条流淌在雅诺斯的溪流,就是位于圣安东尼奥路口、穿过白杨树林的溪流,水声喧闹。在燥热的夏天,横穿那干涸的河床就可以步行直达这里。在冬天,只要在白杨树林那里放一只软木小船,然后顺流而下,就可以直接抵达那些石榴树旁,在牛群经过的时候,经过安古斯蒂亚斯桥下,我就藏在这里……

童年的幻想多么迷人啊,小银,我不知道你是否曾经有过类似的幻想!自然界万事万物,来来去去,都在幻化,着实有趣;刹那之间,所有画面都在你眼前一闪而过……

那里有一个半盲的人正在行路,此人观望内心,同时也注视外物,有时翻转颠倒过来,在灵魂的影子里让生活的形象得以安居;或者敞开在阳光下,像一朵真实存在的鲜花,在真实存在的岸边绽放。啊,那种心灵似水的诗意,一旦逝去就再也无法复返回归了。

◇ 第六十七章 ◇

星期天

小钟的喉舌开始发出喧闹声了。在这节日的早晨，小钟的轰鸣声忽远忽近地回荡在明净碧透的天空。在田野变得萎靡不振的时候，染成了金色的音符纷纷落下，重新唤起了田野里的欢乐气氛和生气勃勃的景象。

所有的人，甚至包括看门人，都相互结伴一起到村子里去观看祝圣的队伍，唯独留下我和小银。多么安逸！多么清静！多么舒畅！我把小银留在了高高的草地上，而我则躺在一棵挤满了鸟儿的松树下，开始念诵着欧玛尔·海亚姆[1]的诗句……

在两次钟声之间存留的寂静中，感觉到了九月早晨内在的沸腾音响和形态，已经可以清晰地感受到通体金黑色的黄蜂在麝香葡萄的藤蔓之间飞舞盘旋——葡萄

---

[1] 欧玛尔·海亚姆（1048—1122），波斯诗人，哲学家，天文学家。

藤上挂满了串串饱满的葡萄。蝴蝶在花丛中舞姿翩跹，起起落落，五彩缤纷，令人眼花缭乱。而寂寞之感，此时此刻却化作一道思想的灵光。

  小银不时停止进食，转头看着我……而我也不时停止念诗，望着小银……

◇ 第六十八章 ◇

蟋蟀的歌声

小银和我在夜晚的漫步时刻,都很熟悉蟋蟀吟唱的歌声。

黄昏降临,蟋蟀第一次吟唱时,刚开始显得犹豫不决,只是用低沉而生涩的嗓音歌唱。但是随后它不停地尝试改变曲调,音调逐步高亢,好似在探寻最和谐的发音方式。突然间,星星在透明的绿色天幕上现身了,这时蟋蟀吟唱的韵律已经变得银铃般的流畅自如、柔和悠扬,十分悦耳。

清新的紫色微风来而复返,荡漾于天地之间;夜间的花朵已悉数盛开,一种圣洁的浓浓香气沿着草天一色的平原在四处弥漫开来。蟋蟀那激昂、动情的嗓音像是影子发出的声响,在田野的各个角落中和鸣,音色中透出流畅无碍和坚定不移的特征。它们发出如同孪生兄弟一样相似的曲调,这种种曲调飞翔在纯净的暗夜之中,最终相互聚合。

时光平静流逝,世界上没有战争,安然入睡的农民在甜美梦境中,仰望着遥远浩瀚的穹窿。也许那些因倾心相爱带来的柔情蜜意,正穿越在围墙和藤蔓之间。长满豆子的田野把温柔芬芳的信息,向村子里传递着,好像一个大胆直露的青年人正吐露着他纯真的绵绵爱意。两点钟的风、三点钟、四点钟的风,在绿色月光下的滚滚麦浪之中声声叹息……

蟋蟀这么嘹亮的歌喉,反而被人淡忘了……

在这里了!小银和我回家睡觉,一路冻得瑟瑟发抖。当我们途经铺着白色露珠的小径时,竟然听到了黎明时分蟋蟀的歌声!月亮在缓缓下沉中发出朦胧的红光。在月光和星光之中,歌声沉醉,多么浪漫、神奇、丰足充实。就在此时,一些忧郁的大片云彩,用它蓝紫色迷蒙模糊的边缘,将白昼从海面下慢慢拉升而起……

◇ 第六十九章 ◇

斗牛

你应该是不知道,小银,那些孩子来这里干什么吧?他们是来央求我,同意让他们今天下午带你一起去看斗牛表演的,并且来索取钥匙的。但你不需要着急。我已经明确告诉过他们,这事儿连想都别想。

真是发疯了,小银!整个镇上的人都因为斗牛表演而骚动不已。乐队从一大早起,就在酒店门前,用走了调的声音,自顾自地吹吹打打起来。整条新街,由上到下,再由下到上,车水马龙,熙来攘往,川流不息。在后街那里,他们正在给斗牛准备"卡那里奥",就是那种孩子们最心仪的黄色车子。开放在院落里的花都被那些主持斗牛演出的女士摘光了,连一朵都没有幸免。小伙子们戴着宽边帽子,穿着衬衫,嘴里叼着雪茄,笨手笨脚地在街上走着,浑身散发出马厩和白兰地的气味,看了真叫人遗憾……

差不多两点钟了,小银,这片刻时光是阳光明媚的寂静时刻;这是这一天光阴之中,唯一天气清朗的间隙时间,斗牛士们和主持斗牛演出的女士们正在穿着盛装。你和我跟去年一样,从旁门悄悄溜出去,穿过小巷走向田野……

田野的景色是多么美不胜收啊,这几天人们忙着过节,却将它置之脑后!只有一个老爷子站在花果园中明澈洁净的水池边,俯瞰着酸葡萄……

远处,斗牛场上清晰入耳的音乐声、鼓掌声和大呼小叫的疯狂喧闹声,在村子上空汇合成一顶粗鄙的声浪之冠。可是一旦我们向宁静的海边走去,所有这些就全部消失在身后了……

而灵魂,小银,灵魂才是地位尊崇、美丽绝伦的王后,谁向她以谦卑的方式致以崇敬之情,她就把那广漠无边而又健硕厚实的大地上的美景赐予谁，这无比壮丽的美景蕴含着无穷无尽的灿烂光辉。

◇ 第七十章 ◇

暴风雨

恐怖极了。屏住呼吸。浑身冷汗直流。低沉的天空令人心悸,将黎明淹没。(无处可逃。)一片寂静中……爱也被打断。罪恶在颤抖。良心紧闭双眼,并大加谴责,然而却显得更加寂静无声……

沉闷的雷声接连隆隆作响,震耳欲聋,没完没了,像没有打完的连天哈欠,又像一个巨石般的重物从头顶落到镇子里,不断地在这空旷无边的清晨来来回回滚动。(无处可逃。)一切娇弱的东西——花朵啊,小鸟啊,全都从世间隐身藏匿。

怀着恐惧和胆怯的心情,从虚掩的窗户中向外界偷偷张望,试图偷窥到那被惨白的雷电闪光照亮了的上帝。在东方那边的天际,在云块和云块之间的大裂缝中,泛着略带淡紫色、类似玫瑰的红色,这种色调看上去灰暗、浑浊而且寒气逼人,看得出来,它已经无法和黑暗相抗衡。六点钟的班车准备出发，天色好像还停留在四点钟的样子；在倾盆大雨之中，只听见街角那边的车夫扯着嗓子大声唱着什么，看似完全是为了壮胆而已。紧接着，一辆负责采收葡萄的车疾驰而过，车内却空空如也……

晚祷的钟声响起！钟鸣声夹杂在雷声之中，好像某人在号啕大哭，难道这是世界上最后的晚祷？这样一边徘徊瞻顾，一边号哭不已，也不知道希冀做些什么。要么就干脆立刻停止，要么就敲得更响，索性将暴风雨的声响盖住……

（无处可逃。）人们的心都收紧了，收得紧紧的，到了感觉僵硬的程度。孩子们的叫声从四面八方传来，此起彼伏……

"小银会怎么样呢？它还独自待在栏厩里吗？那栏厩里可毫无遮风挡雨的去处呀。"

◇ 第七十一章 ◇

采摘葡萄

今年,小银,运送葡萄来这里的驴子怎么这样少得可怜!即使那些招贴广告上用大字体写着六个里亚尔一斤,那也没用。那些驴子去哪儿了?那些从卢塞纳、从阿尔蒙特、从帕洛斯来的驴子,它们如同小银你驮着我浑身的血液一样,驮着鼓鼓囊囊、鼓胀得几乎要向外溢出的黄金一般的液体,排着长长的队伍,等待了一个又一个小时,直到压榨葡萄的作坊卸完货再打道回府。葡萄汁装满了街上妇女们和孩子们的瓦罐。

那个时候,众多酒馆里充满了欢快的气氛,小银!那是迪兹莫的酒馆!在那棵枝条低垂的粗大的核桃树旁边就是酒窖,酒窖里有人正在洗洗涮涮,并且歌声不断传出。靴子踏地的声音有的轻松,有的响亮,还有的却如同铁链般的沉重压抑。工人们走过时露出了腿,扛着容量极大的坛坛罐罐,里面装满了葡萄酒或是牛血,前后左右晃荡着,泛着泡沫。在远处的披屋下,桶匠敲敲打打,能清清楚楚听见锤击时的响声。里面那些干干净净的刨花散发出芳香……

我从一扇门进入阿尔米兰特酒窖,又从另一扇门走出去——两扇门彼此相对,显出快活的样子,在酿酒工人们的爱抚之下,它们各自都展示出光彩照人而又栩栩如生的形象……

二十家制酒作坊不分昼夜地忙着踩踏葡萄。如此拼命狂踩,令人眼花缭乱,然而又是多么欢欣鼓舞,多么轰轰烈烈!可是今年,小银,瞧呀,所有窗户都被堵得严严实实的;栏厩那边,只留下两三名工人踩踩就万事大吉了。

现在,普拉特罗,你必须做点什么,可你总是不去忙活,无疑是个懒虫了。

……其他那些驮着东西的驴子纷纷向小银张望。可小银还是像在懒散的四月天里那样无拘无束、慵懒懈怠。为了避免其他驴子对小银产生恶感或者说小银的坏话，我领它到邻近的葡萄园里，让它驮上葡萄，然后慢悠悠地从其他驴子身边经过，去加工葡萄的地方……然后我就神不知鬼不觉地把它带走……

◇ 第七十二章 ◇

夜

节日的小镇,万家灯火映红了天空,和畅的晚风习习,同时将音色沉郁的华尔兹乐曲送入人们的耳中。教堂关闭了,形态僵硬,色调惨白,始终保持着沉默,似乎徜徉在一片幻想般的色彩之中,这种色彩由深蓝、土黄和紫罗兰花的颜色混合而成……在郊区阴暗的酒窖后面,黄色的月亮昏昏欲睡,孤独地映在河面上。

田野里只有树和树的影子。蟋蟀唱着破碎的歌;星星散乱地坠落在水底,在水的浸泡和冲洗之下,显得愈发柔和并且湿润。此外,一种含混不清的咕噜声响从那里传出,如同梦中呓语一样……在温暖的栏厩中,小银也发出了阵阵悲鸣。

羊儿苏醒了,它的铃铛躁动不安地响了一阵,然后又复归平静……在远处,在蒙特马约那边,另一头驴在叫唤……接着,又是一头驴,从巴列霍埃洛那边传来叫声……一只狗在吠……

夜色如此清朗,花园里的花看起来和白天一样色彩斑斓。在富恩特街最后一个街角的房屋前,暗红的街灯下孤零零地站着一个人……是我吗?不,我是在那芬芳的天际,在浮动的金色月光下,在丁香,在微风,在阴影之间,倾听着自己几乎停滞的心声……

大地旋转着,那么辛苦殷勤,那么温柔体贴……

◇ 第七十三章 ◇

萨里托

一个光线昏暗的下午,是葡萄收获的季节,正当我来到小河边葡萄园的时候,妇人们拦住我并告诉我,有位小个儿黑人在打听我。

我随即向打谷场上赶去,只见他已经从小路上大步流星向下走来。

"萨里托!"

萨里托是我来自波多黎各的女友罗莎利娜的用人。为了能到村子里参加斗牛表演,他从塞维利亚逃了出来。他身无分文,只是把斗牛用的红色披风叠整齐,然后往肩上一搭,从尼埃博拉一路晓行夜宿,步行到此地时,早已是饥肠辘辘。

采摘葡萄的男子们眼神轻蔑,没有用正眼瞧他;妇人们也刻意回避着他,倒不是因为她们自己觉得"男女授受不亲",而主要是因为她们丈夫的关系需要避嫌。

他刚刚经过压榨葡萄酒的地方的时候,就已经和一个男孩打了一架,结果那孩子把他的耳朵咬破了。

  我对他笑了笑,用亲热的语气和他交谈。萨里托不敢伸手和我握手,只好去抚摸小银,小银正如风卷残云一般吃着葡萄,还不时神气十足地看着我……

◇ 第七十四章 ◇

午休以后

当我在无花果树下醒来时,下午浅黄的阳光已近乎苍白,给人以一种惨淡的凄美之感!

我骤然醒来的时候,浑身汗涔涔的,此时溶着蔷薇花香的微风徐徐吹来,轻拂过我汗湿的身体。面目慈祥的老树微微摇动着它的阔叶,我一会儿被树荫遮住,一会儿又被阳光刺得眼花缭乱。我感觉自己好像躺在一只摇篮里来回摇晃着,一会儿从太阳底下晃荡进了阴凉之中,一会儿又从阴影之中晃荡进了烈日照射下的土地。

远处,在空旷的村子里,大气透亮,四下里波动着,传来了三声晚祷的钟响。我听见小银在偷吃我的大西瓜,一个新鲜可口的红瓤甜瓜。小银站在那里纹丝不动,用那双大眼睛没精打采地望着我。眼睑上,一只绿头苍蝇缓慢地爬行着,好像它的身子被黏糊糊的东西粘住了一样。

面对着小银那双疲惫的眼睛,再加上正好一阵微风吹来,我费力勉强张开的眼皮因为倦意袭来,忽然又合上了,就像正要振翅欲飞的蝴蝶,忽然又将翅膀叠起收紧了……

第七十五章

焰火

九月里,在举办晚会的夜里,池塘边的晚香玉散发出幽香,我们来到花果园中的房子后面的山上,侧耳倾听节日里的村庄。葡萄园的老园丁皮奥萨,醉卧在打谷场的地上,他面对着皎洁的明月,一个小时接着一个小时地吹着他的海螺。

夜已经深了,焰火在深夜燃放。首先是零星的几声闷响,然后像人发出感喟叹息一样,"唉"的一声,焰火随即在天空中散开,仿佛正用一只眼睛在审视着满天星斗,以及在红色、蓝色和紫色彩光变幻下的田野。有时从高空中降落的亮光,好似一位赤身裸体的少女从空中飞身跳下,也好似一株血红色的柳树在挥洒它那玲珑明澈的光之花。啊!多么华美绮丽!光辉四射的孔雀,空中的玫瑰花坛,像烈火般炫目的锦鸡飞翔于缀满星星的花园之中!

每一次烟花爆竹爆炸的声响，居然都把小银惊得魂飞魄散。红色、紫色还有蓝色的光焰在空中往往出其不意地展现在人们眼前，随着光的交替变幻，或明或灭，小银的身子投射在山顶上的影子也在随时变大或者缩小。此情此景，使得它的黑色大眼珠满含惊惧之色，从而向我频频望着。

就在晚会即将结束之前，喧嚣声依然响彻远处村庄的上空，旋转花冠依然从古老城堡那繁星密布的上空腾空而起，突然间一声震耳欲聋的雷鸣不期而至，震动四野。那些妇人纷纷赶快紧闭起双眼，用手捂住耳朵。小银则在葡萄藤蔓之间夺路而逃，仿佛灵魂着了魔一样，朝着出现在寂寥无声的松林中的影子，狂叫不止。

◇ 第七十六章 ◇

围起来的果园

我们之所以要到首都来,就是因为我想要让小银见识一下这座果园……我们走到了铁栅栏那边,行走在槐树和阔叶香蕉树凉爽宜人的树荫下;香蕉树上挂满了香蕉,像装点着精美的装饰品。路面上的大块石板几乎被流水磨得光溜溜的,小银的蹄子踩踏其上,蹄声四处回荡共鸣着;水面倒映出一方蓝天,白色的花瓣漂向其间,还散发出幽微的香气,甜蜜得可人心意。

常春藤爬满了铁栅栏,并且从铁栅栏中间的空隙处探出头来,还不断地向下滴着小水珠,园中散发出的香气,也自然而然地被水汽浸透,变得如此湿润和凉爽!孩子们在里面玩耍,好似一群上下纷飞的白色蜜蜂,不断发出银铃般的欢声笑语。一辆绿色小车,车上插着紫色小旗,在缓缓前行。一艘兜售榛子的小船,整个船体披挂着紫色和金色的装饰物,小船上放置着水手用的绳索，是用数目可观的花生串成的，小船的烟囱里还真的煞有介事在冒烟。那个卖气球的女孩拿着大气球，蓝色的、绿色的和红色的，五彩缤纷，还在风中舞动着；卖蛋卷的人坐在他自己的红色铁皮箱下面，满脸惰容，满身倦怠。果树的绿叶经过秋风的袭扰，已经开始泛黄。在秋色的背景中，只有丝柏树依旧青翠欲滴，依稀可见；透过树冠，人们可以看见黄色月亮的身影，黄澄澄的月亮已经在薄薄的云层之间放出光芒，月色撩人啊……

我来到果园门口，正想走进这个用铁栅栏围着的果园时，一个守门人，身着蓝色制服，手里握着一根黄色棍子，胸前挂着一块大大的银表，走到我跟前对我说：

"先生，驴子不能进去。"

"驴子？什么驴子？"我问他，我的目光越过小银，望着远处；显而易见，我根本忘却了小银还有一副动物的模样。

"啊,还问是什么驴子,先生,你说这头驴子是什么吧……"

顿时,我恍然大悟,小银因为是驴子,所以不能入内;而我虽然是人,可以进园,可是由于出现了这次风波,我却也对进园失去了兴趣。还是继续往前走吧,我们离开了那道铁栅栏围墙;我用手抚摸着小银,走着走着,就跟它把话题转到别的事情上去了……

◇ 第七十七章 ◇

月亮

在栏厩边上的井口,小银刚刚喝了两桶倒映着星光的井水,然后慢慢穿过高高的向日葵,心不在焉地回到自己的牲口棚里。我把身子斜靠在门旁的粉墙上等着它,四周的空气中弥散着芥末的微弱芳香。

在九月初凉的作用下,屋顶上的瓦片湿答答的,远处的田野虽在沉睡,但却送来了一阵浓郁的松林气息。一大片乌云,像一只身体肥硕的母鸡,下出了一个金色的鸡蛋,小山顶上被安放上了一个月亮。

我对月亮说:

……但是天上的云层之中,唯有一个月亮,
从来未曾见过它坠落,除非在梦乡。

小银凝视着它,摇晃着一只耳朵,轻轻哼出了声,然后又转头望着我,露出万般惊讶的神情,同时摇晃起另一只耳朵……

◇ 第七十八章 ◇

快乐

小银和戴安娜,那只美得像新月一样的白色小狗,一起结伴玩耍,还包括灰色的老母羊以及孩子们……

戴安娜在小驴子面前轻盈矫健地跳来跳去,姿态娴雅,身上的小铃铛清脆地响着,又不时地把它的嘴凑上去咬着小银的鼻子玩。而小银则把两只尖尖的耳朵竖起来,像两片龙舌兰叶子顶端的尖利的角,回敬了一个冲撞的动作,但是力道很弱,没想到戴安娜就一下子滚跌到草地上的小花丛中去了。

母羊也走到小银的身边,去触碰它的腿,用牙齿去拽它背上驮架里的东西,嘴里咬着刚刚拉下来的石竹花和常春藤,又在它的宽大额头上蹭来蹭去,然后就欣喜若狂地跑开了,同时还大呼小叫个不停,真可以和善于撒娇卖萌、娇嗔满面的女子相媲美……

身处孩子们中间,小银可就变成了一个玩具。它居然具备足够的耐心去忍受孩子们的恶作剧！它磨磨蹭蹭地走着，还故意装痴卖傻干脆停下，以免孩子们从它背上摔下来，跌个稀巴烂！可有时候，小银又突然起步，佯装要奔跑的样子，以此来吓唬孩子们，逗他们玩！

　　莫格尔晴朗秋日的下午明净无尘！十月中那清清爽爽的空气把所有的天籁之音磨洗了一番，使它们变得如此清晰。山谷那边传上来的是一首曲调欢快的田园牧歌，那里有羊咩声、驴叫声、狗吠声、孩子发出的"咯咯"笑声，还有小小铃铛叮当作响的声音……

◇ 第七十九章 ◇

雁群飞过

夜晚宁静祥和,我去给小银送水。天空中密布着星星,有些浮云在四处飘动游荡。从寂静的栏厩里,连续传来啼鸣声,声音刺破天宇。

那是雁群。为了躲避海上的风暴,它们不得不展开双翅,向内陆飞翔。有时候,我们会觉得自己仿佛在往高空腾飞跃升,有时候却又令人感觉它们在回旋下降,甚至能听闻到它们因翅膀拍动和鸟喙翕张,从而发出的无比轻微细碎的声音,就像人们在旷野中能清晰无误地听见远处任何窃窃私语一样……

小银,不时地停止喝水,抬起它的头,像我一样,也像米勒画中的那些女人,遥望星空,满怀着一种缠绵悱恻的乡愁,无穷无尽的乡愁……

◇ 第八十章 ◇

小女孩

那个小女孩是小银的快活之源。

每当她从紫丁香花丛中向它走来,身着白色的童装,戴着草帽,用娇滴滴的声音招呼它:"小银!小小银!"那头小驴子就像孩童一般地蹦起来,兴奋地嚷着,极力要挣脱束缚它的缰绳。

她毫不顾忌地一次又一次地从小银身下穿过,来回跑动,还用小脚踢它,甚至把她那只晚香玉似的又白又嫩的小手,放进小银那排列着雉堞似的大黄板牙的血红大口里,或者去揪小银的一对耳朵,小银总是故意低下头来,存心让她够得着。她用各种各样亲热的名字来称呼它:"小银!大银!小银银!好小银!坏小银!"

在那漫长的日子里,小姑娘躺在白色的摇篮里,沿着生命之河顺流而下,距离死亡越来越近的时候,谁也无暇惦记小银,但是小姑娘却在梦中呓语,痛苦地叫着:"小……小银……"在光线昏暗的房间里,充满着人们的声声叹息,有时也还能听见我的远方挚友痛彻心扉的声声哀叹。唉,这个夏秋之交的日子充溢着连绵不断的忧郁!

在小女孩落葬的那个午后,上帝恩赐给你莫大的荣耀和恩宠!就如同现在一样,九月的玫瑰和黄金遍洒人间大地。落日残阳之下开阔的天地之间,墓地钟声送你走上通往天国的道路,送了你一程又一程……我沿着围墙,独自一人,怀着满腹忧伤走回来,在进家门之前经过栏厩时,为了避开人们的目光,我特意走到牲畜食槽前面,然后坐下,和小银一起陷入沉思默念。

◇ 第八十一章 ◇

牧童

　　山冈之上，此时此刻，深紫色已经逐渐显露昏暗，落日返照后泛出透明的绿色，映衬出一个牧童的身影，像剪影一样。牧童在金星闪烁的星光下吹着短笛。四处飘散的浓烈香味让人们意识到：在那些人们忽视的阴影里，还存在着难以觉察的花丛。群羊挂着精致可爱的小铃铛，声音清脆悦耳，叮当叮当，时响时停；群羊在村口，人们再也熟悉不过的地点，分道扬镳。

　　"少爷，如果这头驴是我的……"

　　在光线朦胧之处，那个孩子显得更加黑，更富有诗意。他那敏锐的目光可以轻而易举地捕捉到任何瞬间的闪光，就像那个善良的塞维利亚人——巴托洛梅·埃斯特班·穆里罗[1]画笔下描绘的小乞丐一样。

我把小驴让给他……但是,没有你,我该怎么办呢,小银?

一轮明月从蒙特马约山上的教堂顶上升起,溶溶月光向青青草地倾泻而下,草地上种种色彩光怪陆离,残留的斜阳余晖仍旧流连不去,因而显露出繁花似锦的景象,如梦如幻,仿佛是手工织就的花边,精美不可方物。高耸突兀的岩石变得更大,更加阴沉;深不见底的沼泽里,流水浩荡,发出潺潺声,如泣如诉……

牧童在远处依旧贪恋不已,呼喊道:"啊呀!如果那头驴是我的——"

---

[1] 巴托洛梅·埃斯特班·穆里罗(1617—1682),巴洛克时期的西班牙画家。

第八十二章

金丝雀死了

看,小银,孩子们的金丝雀今天早上死在银丝笼子里了。这个可怜的鸟儿确实已经老迈了……你肯定记得很清楚:去年冬天,它就总是把头埋藏在翅膀的羽毛里,就这样孤独寂寞地度过了它生命中的最后一个冬天。开春以后,阳光把住房变成了一所开放式的花园,庭院里开放着最为艳丽的玫瑰花。为了给这生机勃勃的生活增光添彩,金丝雀也当仁不让,它开始大展歌喉。但令人惋惜的是,它已经不再拥有原本玉润珠圆一般的歌喉,反之,此时的金丝雀却显得底气不足、气喘咻咻,活像破损不堪的一管残笛。

精心喂养照看金丝雀的孩子是年龄最大的孩子。看见它躺在鸟笼的底部,浑身僵直,孩子万分着急,失声痛哭:"怎么了?你什么也不缺啊!既不缺食物,也不缺水啊!"

是的，金丝雀什么也不缺，小银。"它死了，是因为它是注定要死的。"就像另一只"老金丝雀"坎波亚莫尔❶所说的那样……

小银，你说鸟儿会有属于它们自己的天堂吗？蔚蓝的天空上是否会存在一片绿色的花果园呢？园中盛开着金色的玫瑰吗？小鸟们的灵魂能展翅飞翔吗？小鸟们有白色的、玫瑰红色的、天蓝色的、黄色的灵魂吗？

听着！到了夜幕落下的时候，孩子们，还有你和我，要把这只死去的鸟儿带到花果园里。一轮圆月洒下银白色的月华，更显得冷冷清清、凄凄惨惨戚戚，可怜的歌手躺在布兰卡干干净净的手掌心里，像枯萎了的黄色百合花瓣，我们将把它埋在大片玫瑰花丛的底下。

---

❶ 坎波亚莫尔（1817—1901），西班牙现实主义诗人、哲学家。

等开春了,小银,我们一定会看到那只鸟从白玫瑰的花蕊里飞出来,会有一对隐形的翅膀在四月天的阳光中迷人地翱翔,使得和畅的空气变得如此馨香。到时候,还会有一线隐秘神奇的音韵之流发出清亮亲切、婉转悦耳又带着纯光泽的歌声。

◇ 第八十三章 ◇

山冈

你从来没见过我躺在山冈上,浪漫与典雅并存吗,小银?

……牛、狗、乌鸦都纷纷从我身边经过,而我却一动也不动,甚至连眼皮都懒得抬一下,看都不看一眼。黑夜来了,只有当影子希望我走时,我才拔腿离开。我已经记不清自己是什么时候第一次到那里的,我甚至怀疑自己是否去过那里。你知道我说的那座山冈吧!那座红色的山冈耸立在古老的科巴诺葡萄园之上,像男人和女人的躯干那样岿然矗立。

在那里,我读了所有我读过的书,思考过我所有想过的问题。在所有的博物馆里,我都看到我为自己画的肖像:我身着一身黑色的衣服,仰面躺在沙地上,跟你说话,或者跟我看见的人说话,我的思想在我的双眼和西边天际之间自由驰骋。

松林旁的小屋子里传来阵阵喊声,那是要我去吃饭或睡觉。我认为我是定然要去的,但我不知道我是否应该留在那里。不过我敢肯定,小银,我现在不在这里,不在你身边,也不会永远待在我所在的地方,也不在死后去的坟墓里;我是在那充溢着典雅而又浪漫气息的红色山冈上,手里拿着一本书,凝视着落日在河面上下沉……

◇ 第八十四章 ◇

秋天

太阳可真是够懒惰的,浑身赤条条的,刚刚才从被窝里爬出来,因为冷飕飕的天气,所以还显得有点哆哆嗦嗦。可是农民们的起床时间可比太阳早多了。

好大的北风肆虐着,刮个不停啊!看,地上都是掉落的树枝;北风强劲而狂暴,把树枝吹得都朝向南边,自发地排成一行。

耕田用的犁,看起来确实像粗笨的武器,但却正在和平快乐的气氛中辛勤耕耘。湿漉漉的大道两侧,在风中舞动着的黄叶正喧嚣不已,像明亮而柔和的金色火苗,发出淡淡的光辉,映衬着小银奋蹄前行的步伐。等到来年开春的时节,树叶又必将会展现一片新绿。

◇ 第八十五章 ◇

拴住的狗

一旦入秋,小银,我就感觉这季节就好像是一只被拴住了的狗。每当秋风萧瑟的下午来临,秋凉弥漫于天地之间,它就拉长了声调,开始狂吠起来,音色显得寂寥而悲凉,在栏厩里、在庭院里或者在花园里,人们处处可闻……这几天,随着时间的推移,秋意越来越浓重,小银,我早已耳闻这条被拴紧的狗始终在向西沉的落日呜咽……

此时此刻见证着所有色泽灿烂的黄金在生活中全部凋零失落,任何人都无法给我带来比这吠叫声更为悲切凄惨的哀歌。这情形好比一颗无比贪婪的心,面对破产后所剩下的最后一枚金币,感到万分痛惜和懊恼。然而黄金毕竟还是存在的,它潜藏在贪婪的灵魂之中,就像孩子们借助于一面小镜子,将阳光反射到阴影里的墙上,构成了一组蝴蝶和枯枝败叶的群像……

麻雀和八哥落在橘子树或者槐树的枝头栖息,从一根树枝爬到另一根,它们随着太阳的升起而展翅高飞。太阳从玫瑰红变为暗紫色……美不胜收的景象在弹指一挥的刹那间转瞬消失,似乎却又显得无穷无尽,就像慷慨赴死是为了求得永生。狗向着太阳狂吠不已,或许它已经感觉到这种美正在迈向死亡……

第八十六章

希腊乌龟

小银,这只乌龟,是我们兄弟俩那天中午放学时,从小巷里捡回来的。那是八月——天空呈普鲁士蓝色,蓝得近乎发黑,小银!为了躲避炎热,我们从那里抄了近路回家……这只乌龟被人随意扔在谷仓墙角旁的草地上,我们非常熟悉的那棵年头久远的黄皮树将它的树荫投向乌龟,这只乌龟看上去简直就像一块泥土疙瘩。因为我们不敢下手抓取它,于是保姆就自告奋勇替我们捡起它,然后心急火燎地赶回家,一踏进家门就迫不及待地大喊:"一只乌龟,瞧,一只乌龟!"然后我们给它洗澡,因为它实在是太脏了,洗干净以后,乌龟就像让人贴上了一张印花纸似的,显露出黑色和金黄色相间的条条斑纹……

堂·华金·德·拉·奥利瓦,"绿鸟",还有其他听说这件事的人们都跑来告诉我们,这是一只希腊乌龟。然后，当我在教会学校修自然史课程的时候，我发现书上画的跟它毫无二致，而且它就是这个名字。后来又看到在大玻璃柜里陈列的标本，说明牌上写的也是这个名字。因此，小银，毫无疑问，这的确是一只希腊乌龟。

从那以后，希腊乌龟就在那里安家落户了。孩子们为了取乐，总是千方百计作弄它：一会儿将它吊在楼梯上荡秋千，一会儿把它扔给小狗洛德，要不然就把它翻过身来让它整天肚皮朝上……有一次，小聋人为了让我们试试龟壳有多结实，就干脆向它开了一枪，没料到子弹弹了开去，歪打正着，将一只在梨树下喝水的可怜的白鸽当场杀死了。

连续好几个月，希腊乌龟消失在人们的视野里，竟然不知所踪；直到某一天它出人意料地出现在煤堆上，纹丝不动,就像死了一样;可另有一天,它又在阴沟里现身了……有时候,一窝空蛋壳陡然出现了,这是它在那个地方停留过的明证;它和鸡、鸽子、麻雀一起进餐,它最喜欢吃的是西红柿。春天来临,它有时反客为主,成了栏厩的主人,似乎从它那恒久衰老的躯体中长出了一根新枝,仿佛从自己身上得到了新生的活力,好再延长一个世纪的生命……

◇ 第八十七章 ◇

十月傍晚

假期结束了,随着第一批黄叶挂上枝头,孩子们返回学校去了。多么孤独难耐啊!屋子里的阳光空虚得像秋天飘零的落叶,孩子们兴奋的叫喊声已经远去,他们的欢笑声也变得虚无缥缈,可在幻想之中所有这些好像还隐约可闻……

傍晚,薄暮从玫瑰花丛的上空徐徐降临,花园中最后的玫瑰被落日的火焰点燃,随即,火苗被熏染上了一股浓烈的香味,并向着西方天边燃起的漫天大火升腾而去,玫瑰熊熊燃烧的冲天香气弥漫于天上人间。天地之间,万分寂寥!

小银和我一样疲惫慵懒,百无聊赖。它一步步地向我走来,然后犹豫了一下,最终横下心来做出了抉择,它选择迈上硬邦邦的石子路,跟我结伴一起归家……

◇ 第八十八章 ◇

安东尼娅

溪水上涨了,夏末时夹岸生长的黄金色百合花,都被溪水冲得七零八落,一片片秀美的落红都随着水流悄然逝去……

安东尼娅穿着一件只有在星期天才穿的华美盛装,在河边踟蹰,要选择过河的地点。从哪里才能过得去河呢?我们放置在小溪中的石块都陷进淤泥里去了。于是她沿着岸边继续向下游走去,一直走到白杨树围着的墙根那里,想看看能否从那里安然渡过河去……可还是不行……于是,我就顺理成章地把小银贡献出来,让它挺身而出,来献一份殷勤。

每当我对安东尼娅一开口说话,安东尼娅就总是羞得满脸通红,她那双灰色眼睛周围的雀斑次第透露出天真的本色,然而她脸上涂抹的胭脂却将点点雀斑烧了个绯红。后来她突然对着一棵树笑了起来……她终于答应了。她把玫瑰色的绒线披巾朝草地上奋力一扔,然后跑了几步,像狗一样敏捷地蹿上了小银的脊背。两条将袜子撑得鼓鼓囊囊的小腿,熟练地分跨在小银的两肋并朝下垂在两边,那用粗布织成的白色长筒袜上,有着一道道红圈。

小银似乎琢磨了片刻,紧接着纵身一跃,就安然跃上对岸。顿时,小溪就已经横亘在我和满脸绯红、娇羞的安东尼娅之间了。她用脚后跟向小银的肚子上一踢,小银就在姑娘含金带银的笑声中奔向平坦的原野。这时,骑在小银背上的姑娘不断地一上一下,起起伏伏,颠动不已。

……香气向着百合、流水和爱情飘去。莎士比亚曾

借克利奥帕特拉❶的嘴说过如下的诗句,就像一顶带刺的玫瑰花冠,紧紧缠绕着我的思想:

"啊,幸福的马儿,你背上驮着安东尼❷!"

"小银!"我终于用一种愤懑不平、心烦意乱而荒腔走板的声调叫了起来……

---

❶ 克利奥帕特拉(约前70—约前30),古埃及托勒密王朝女王,通称埃及艳后。
❷ 安东尼(约前83—前30),古罗马著名政治家和军事家,克利奥帕特拉的情人。

第八十九章

一串被遗忘的葡萄

十月份连绵的阴雨之后,某一天,天空突然放晴,顿觉金光灿烂,我们大家都不约而同去葡萄园。小银的鞍囊的一侧装着野餐时要享用的午饭和姑娘们的帽子。为了保持平衡,鞍囊的另一边就坐上了皮肤白嫩红润的布兰卡,她像一枝杏花般柔媚。

田野苏醒过来,美得令人目不暇接。溪水漫溢过河岸,被犁耕过的土地松松软软,四周的白杨树用金黄的彩叶梳妆打扮,在叶子之间的缝隙里,群鸟的声影不时闪现。

突然,姑娘们一个接一个地跑过来,欢呼雀跃:

"一串葡萄!一串葡萄!"

这是一条老藤,它盘根错节的长长枝蔓上还残留着几瓣胭脂红色的以及稍稍发黑的枯叶,在炫目的阳光下,居然有一串光洁饱满的葡萄,闪现出琥珀一般的光芒，光彩夺目。仿佛一位半老徐娘，风韵犹存。维多利亚把它摘下藏在身后，孩子们围着她叽叽喳喳，全都想要。我示意她给我。这个快到成年的大女孩，怀着迁就异性的心理，顺从而自觉自愿地交给我。

这串葡萄共有五大颗。我给了维多利亚一颗，给布兰卡一颗，给萝拉一颗，给佩帕一颗——那些丫头！——最后一颗，在笑声和大家一致的掌声之间，我给了小银。它则用它的那口大牙，笨拙地衔了过去。

○ 第九十章 ○

"海军司令"

你不认识它。在你到来之前,他们就把它抓走了。我从它身上学到了什么是高贵。你可以看到,那槽头的木板上还留有它的名字,那儿还有它用过的马鞍、辔头和缰绳。

当它第一次走进栏厩时,简直就是来了一个梦幻,小银!它从海滩上给我带来了一股欢快的新鲜活力。它是多么俊朗英发啊!每天清晨,我早早地就和它一起走下海岸,沿着浅滩飞奔疾驰,经过那些关门闭锁的、带风车的磨坊时,总是惊起一群群正在偷食的乌鸦。然后,我们走上公路,在嘚嘚的蹄声中迈进新街,步履坚定有力。

一个冬日的下午,圣胡安酒馆的杜邦先生来到我的家,手里拿着鞭子。他把一沓钞票放在门厅的柜子上,就和拉乌罗一起去栏厩了。天黑以后,我从窗户里看见

"海军司令"被套在马车上,然后拉着杜邦先生冒雨朝新街方向跑去,这简直是一场梦魇!

不知道我的心情沉重了多少天。我的心总是紧锁着,无法轻松。他们不得不将医生请来为我诊治。医生给了我一些溴化物和乙醚,还有一些不知名的东西,直到随着时间不断流逝,它的形象在我的脑海中被完全抹去,就像洛德和那个小女孩的形象被彻底抹去一样,小银。

是的,小银。你和"海军司令"本该是一对儿挚友啊!

◇ 第九十一章 ◇

书页上的花饰

小银,太阳继续前行的路程已经屈指可数了,但是它还在用又斜又长的光柱播撒着金光,这些金光投射在田野里松软而且湿滑的一道又一道黑色犁痕上。种子和泥土混合着,又一次生发出淡绿色的嫩芽。那些怕冷的鸟儿成群结队,向莫罗方向飞去。此时,哪怕是最为轻柔的风,也会把那些最后残存的黄叶吹落,并使得所有树枝变得赤身裸体。

灵魂随着这样的季节变换开始自省,小银。现在我们将有另一个朋友了:经过精挑细选的、立意高尚的新书。面对敞开的书本,田野赤条条地一丝不挂,完全展示在我们眼前。眼前的风光一览无遗,承载着我思想中的孤独寂寞之感。

瞧,小银,这棵树,不到一个月前,还曾经用匝地绿荫和沙沙细语包裹着午睡中的我们。可如今,西风的攻势凌厉,在黄色的树冠上方呜呜哀鸣,枯枝败叶之间还落着一只黑鸟,整棵树的轮廓显得愈发枯瘦矮小了,显得孤单极了。

◇ 第九十二章 ◇

鱼鳞

从阿塞尼亚街开始,小银,莫格尔仿佛变成了另一个迥然不同的地界,再往那边去就只剩下水手们光顾的市场了。人们讲起话来的方式是另外一番模样,用的都是航海术语,各种各样的腔调都有;穿着打扮的样子也是五花八门,奇装异服的色彩光怪陆离。男人衣着讲究,佩戴着沉重的表链,抽着上等的雪茄和长柄烟斗,吞云吐雾。就拿修车厂那外表干瘦、内心纯朴的拉波索,和你一定认识的里贝拉街上那个长着一头黄毛、生性快乐的毕贡这两人来相互比较吧,他们之间不啻有天壤之别!

格拉纳迪莉娅是圣弗朗西斯科教堂里圣器看管人的女儿,来自科拉尔街。只要她一来,那种种生动有趣的见闻,经她绘声绘色地讲一通,再配上她丰富的表情,给我们家厨房留下的余波,会持续数日之久。女仆们都醉心于听她讲话，她们中一个来自弗里塞塔，另一个来自蒙图里奥，还有一个是从奥尔诺斯来的。她的讲述内容丰富、题材广泛，是关于加的斯、塔利法和伊斯拉等地形形色色的情况：什么走私烟草啊、英国的纺织品啊、长筒丝袜啊、黄金白银啊……说罢，她就把薄的黑色披巾往苗条的身上一罩，神气活现地用力踏着脚后跟，咯噔咯噔，体态轻盈地走了……

女仆们还在议论着她留下的种种谈资。我看到蒙特马约用手蒙着左眼，面向着太阳光在打量着鱼鳞……当我问她是在做什么的时候，她回答说：透过鱼鳞上五彩缤纷的闪光，可以看见身着绣花披风的圣母卡门。圣母卡门是水手们的保护神。这是真的，这都是格拉纳迪莉娅告诉她们的……

◇ 第九十三章 ◇

皮尼托

"那家伙!……那家伙!……那家伙!……比皮尼托还笨的家伙!"

我几乎忘了皮尼托是谁。现在,小银,在这柔和的秋日阳光照射下,那些由红色沙砾堆积而成的土坎,变得比一场炽烈火灾中熊熊燃烧的大火还要红。忽然孩子们的惊叫声使我猛然觉察到可怜兮兮的皮尼托身背一捆葡萄藤,正跋涉在山坡上,皮肤黝黑的他正向我们走来。

我似乎能想起他模模糊糊的影子,可是瞬间他的面目又不甚分明,最终差不多又全然忘却了。他又脏又丑,但从他干瘦黝黑的面形和敏捷矫健的身形中,我依稀能觉察出他残留下来的一丝英武之气。然而,当我要竭尽全力回忆起他真真切切的形象时,脑海中的记忆却又完全消失了,就像一场梦境,一到早晨就再也寻觅不得了。到底是不是他,我也无法确定……也许,是在一个下雨的早晨,他几乎赤身裸体地在新街上游荡,孩子们用石头拼命砸他;也许,是在冬天的一个薄暮时分,他的身子东倒西歪,垂头丧气地回来,跌跌撞撞地穿过古老的墓地,到从外乡来的乞丐们那里去。那是一个废弃的岩洞,在磨坊的风车那边,周围满是死狗和垃圾堆。

"……那家伙……比皮尼托还笨的家伙!"

我能用什么代价来换取和皮尼托做一次单独畅谈呢!小银啊,可惜他已经死了。按照马卡利亚的说法,这个倒霉的人因为在科利利亚斯家喝得酩酊大醉,最后失足掉进卡斯蒂约的沟渠里一命呜呼的。当然那是许久以前的事了,那时我还是个孩子。可时过境迁,现在你应该知道,小银,他是真的蠢笨无比吗?他到底是怎样的人?

　　小银,他死了,我再也无法知晓他究竟是何许人。可是我能够知道的一点是:根据一个孩子的说法,这个孩子和皮尼托的母亲熟识,毫无疑问,我比皮尼托还要笨。

◇ 第九十四章 ◇

河流

你看,小银,坐落在矿井之间的这条河,居然被那些没安好心和肆虐成性的家伙糟蹋得如此肮脏。河水几乎变成了红色,在紫色和黄色的淤泥之间,迂回蜿蜒,搜罗着西方天边落日的余晖;现如今,河面只够让玩具小船通行,好不可怜!

以前,那些载酒的大船,扯起了三角形船帆的地中海小船,挂着黄色篷帆的木头船和小巧玲珑的游艇——野狼号,埃洛伊莎小姐号;还有我父亲所有的圣卡埃塔诺号——这船是由招人怜悯的金特罗管理的;我叔叔拥有的星星号,由毕贡平时负责打理——许多船上数目可观的桅杆显得快快活活的,它们次序不整地朝圣胡安的天空杵着,那些高高的主桅杆引起了孩子们由衷的赞叹和艳羡!当时,每条船吃水都很深,因为满载着美酒,驶往马拉加、加的斯、直布罗陀等地,络绎不绝……波浪在船舷之间起伏翻腾不已，此外还将船头上方用蓝色、白色、黄色和西洋红色画的眼睛和保护神以及书写的船名弄得乱七八糟、一片狼藉……渔夫们上岸了，往村子里运送沙丁鱼、牡蛎、海鳗、鲷鱼和螃蟹……里奥廷托的铜把上述这些鱼类全给污染了。没想到这样一来，我们可交了好运，小银，因为有钱人吃了这些鱼肉会恶心呕吐，所以穷人们得到许可仍可以去捕捞这些少许的鱼类，这种情形一直延续到现在……然而，小艇，挂着黄色风帆的船和那些小船，如今却全都没有了。

多么遗憾啊！耶稣基督已经看不到海水涨潮时海平面高涨的情形了，现如今只剩下河道中毫无生气的死水，就像衣衫褴褛的乞丐那干瘪尸体中一根微不足道的血管。星星号的船体已经因为腐朽侵蚀而变得支离破败,参差不齐的龙骨伸向天空,在铁锈红一般的斜阳的背景中,船体原来的龙骨像一副硕大无朋的鱼骨架被烧焦了,已经成为孩子们嬉戏玩闹的场所,一如忧虑在我的内心翻滚煎熬。

◇ 第九十五章 ◇

石榴

多么漂亮的石榴,小银!这是阿格狄利亚在蒙哈斯河边为我挑选出来的极品石榴,然后千里迢迢寄送给我的。没有一种水果能像它这样,让我产生对浇灌出它的清凉溪水的联想。这果实是如此饱满、结实和新鲜诱人。让我们来品尝一下,好吗?

小银,它那虽然苦涩干硬然而却能令人愉悦的果皮,紧紧地包裹着石榴籽,好像扎下了根一样,难以剥开!现在,紧贴着外皮的第一层石榴籽,好像是一颗颗柔软的、小巧的红宝石,晶莹剔透,有着曙光一般的亮光。现在,小银,里面紧紧地相互挤在一起的饱满果粒,全都堪称美味可口的小宝贝,不仅多汁而且咬上去还觉得颇有劲道,好像蒙着面纱的紫色水晶,又像一颗不知名的年轻王后的心。多么圆润饱满啊,小银!你拿去吃呀。多么美味可口啊!真叫好吃呀!多么劲道,感觉连牙齿都要融化消失在这些肉质丰硕、令人愉悦的红色宝石里了。你请等等，我连话都说不出来了。我的舌尖上感觉到的滋味，就像眼睛迷失在万花筒瞬息变幻的迷离色彩之中。我终于把它吃了个一干二净！

我已经不再拥有石榴树了，小银。你没看见弗洛雷斯大街上酒庄里的栏厩。我们下午常常经过那里……从坍塌的断垣残壁那里，可以看得见科拉尔街那些房子的栏厩，每一处都富有迷人的魅力，还有田野与小河；可以听得见边防军军人们拉练的号子声和希埃拉铁匠铺的叮叮当当声……那是刚刚发现的村子的另一部分，不是我经常流连忘返的地方；在那里，每一天，都会发现焕然一新的诗意。夕阳将那些石榴树点燃，像收集丰富的宝藏，而在阴凉掩蔽的井口旁边，无花果树显得黯然神伤，上面爬满了壁虎……

石榴,莫格尔特有的果子,镇徽上的装饰物!裂开的石榴面向紫红色的夕阳!从蒙哈斯的果园里摘来的石榴,从贝拉尔峡谷的山涧旁采来的石榴,从萨巴里埃戈运来的石榴,在寂静的深谷溪流中,始终映照着玫瑰色的天宇,仿佛在我的沉思冥想之中一样,安然入夜!

◇ 第九十六章 ◇

古老的公墓

小银,为了能让你跟着我一起进去,我就把你故意混到那些运送砖块的驴子中间,这样的话,殡葬员就不会发现你了。现在,我们已经踏入了这个曲径通幽的地方了……朝前走吧……

看,这是圣何塞墓园。神父们的墓地在那片绿荫环绕的阴暗角落里,墓地的铁栏杆已经完全倾圮……

此时西风劲吹,刷着白灰的小院子沐浴在三点钟的阳光下,那里是孩子们的坟地……走吧……这是"海军司令"……这是堂娜·贝妮塔安息之处……这里是穷人们的沟渠,小银……

麻雀在柏树中间欢蹦乱跳,去而复返,尽情享受快乐时光!你快看,那只戴胜鸟,在某人坟墓前的壁龛里用鼠尾草做了个鸟巢……你再看,殡葬员的孩子们,在津津有味地大口吃着涂抹了红色牛油的面包……小银,你看那两只白蝴蝶……

新的墓园……等等……你听到了吗?小铃铛在响……那是三点钟的班车,沿着公路一直开到车站……那些是风车磨坊旁边的松树……堂娜·鲁特加尔塔……中尉……阿尔弗雷迪托·拉莫斯,当我还是孩子的时候,一个春天的下午,我和我兄弟,还有贝贝·萨恩斯和安东尼奥·里贝罗,一起把他的白色小棺材抬到这里来的……先别出声!……从里奥廷托开来的火车正从桥上驶过……你仔细听听,火车还在走……可怜的卡门,唉,那个患肺病的姑娘,她是那么漂亮,小银……看那朵阳光下的玫瑰……这里埋葬的是那个女孩,就是那朵晚香玉,她那双娇羞的黑色明眸再也不会睁开了……这里,小银,埋葬的是我的父亲……

小银……

◇ 第九十七章 ◇

利皮亚尼

你先往边上靠一靠,小银,让学校里的孩子们先过去吧。

如你所知,每逢星期四,他们总是到郊外远足。有几次,利皮亚尼带他们到卡斯特里亚诺神父那里去,有时候到安格斯蒂亚斯桥去,有时候也去比拉。今天利皮亚尼看起来兴致颇高,正如你所看到的,他把孩子们一直带到埃尔米塔。

有时我不禁想,利皮亚尼不会把你当人来对待——你是知道的,按照我们镇长的说法,别把孩子教得最后像一群驴——但我担心你会因此而饿死。因为可怜的利皮亚尼,成天借口说什么"在上帝面前众人皆为兄弟""孩子们都亲近我"等他胡编乱造出来的理由,于是就和每个孩子平分他们带来野餐的午饭,由此可见,他单独一人就轮番吃上了足足十三份半的午餐。

看，孩子们走得多欢呐！孩子们怀着赤子之心，它们毫无任何虚伪掩饰地跳动着。孩子们周身散发出欢天喜地的热烈情感，辉映着这十月天的下午。利皮亚尼肥胖的身躯外面，紧紧包裹着一件棕色格子图案的衣服，这身衣服对利皮亚尼来说小了一号，很不合身，因为原来是鲍里亚所有的。利皮亚尼步履蹒跚地走着，他的花白大胡子旁边堆满了笑容，个中原委不过尔尔：他明白在松树下，一顿丰盛的野餐在等着他……利皮亚尼走过之处，田野甚至为之震动，那动静好似金属薄片一般急颤乱抖又反光四射，就像晚祷之后可以饱览海面胜景的金色钟楼之上的那口大钟，虽然晚祷之后已经沉寂，但是其声音如同大黄蜂一样依旧在村子上空嗡嗡作响。

◇ 第九十八章 ◇

城堡

今天午后,天空显得美极了,小银。秋天因拥有金属般的光芒而自重,就像一柄金光闪闪的宽刃宝剑,质地纯净!我喜欢造访此处,因为身处这僻静的山坡之上,我们能更好地饱览夕阳西下的壮丽景象,这里没有人会打扰我们,而我们也不会妨碍任何人……

只有一幢蓝白色相间的房子孤零零地耸立在肮脏不堪的墙壁那边,四周长满了野花和乱麻。那里早已无人居住,理所当然成了科利亚和她的女儿夜晚约会的浪漫场所。那些身家清白的良家女子,几乎毫不例外,总是穿着黑色的衣服。皮尼托就是在这条沟里告别人世的,他在那里躺了两天,也没有人发现他。炮手们曾在这里安置大炮。堂·伊格纳西奥,你见过他的,就在这里堂而皇之地走私白兰地。此外,从安格斯蒂亚斯来的斗牛也经过这里并进去造访,可这里唯独缺的就是孩子们。

……你看,通过这条沟上的拱形桥洞之后,你就可以将一片破败荒芜的红色葡萄园尽收眼底,再往下就是砖窑了。一轮硕大的紫色太阳像一位神仙,正在显灵。世间的所有都被它吸附过去,因而令人心醉神迷于如此壮观的大千世界。太阳渐渐沉没到韦尔瓦的海平面和这万籁俱寂的世界的下面,也就是莫格尔的下面,它旷野的下面,你和我的下面,小银。

第九十九章

斗牛场的残垣断壁

小银,那座被大火付之一炬的斗牛场,像一阵强劲的暴风,再一次在我的思绪中掠过……为什么……我记不清到底在哪一天的下午它惨遭焚毁……

我也记不清斗牛场里面是什么样子了……只是隐隐约约感觉似曾相识——是不是如同马诺利托·弗洛雷斯给我的巧克力画片上描绘的那种模样?——几只扁鼻子的灰色小狗,好似橡胶皮球一样,被一头黑公牛挑到半空中……一片圆形场地上面鸦雀无声,长长的蒿草呈现出深绿色……除了斗牛场的外面,我一无所知;我指的是上面,就是圆形场地以外的地方……那里空无一人,于是我就沿着木质台阶独自奔跑,旋转着,幻想着自己置身于一处完好无缺的斗牛场中,这斗牛场完全跟画片中描绘的斗牛场一模一样。我越跑越高;在这阴雨欲来、暮色苍茫的时刻,要把那远方一片黑绿色的景观，包括那一大片云投射下来的湿冷的阴影，地平线上那连绵起伏的松树林留下的清晰剪影，以及海面上泛出的白光，完完全全吸收并且永久保存在我的灵魂深处……

再没有什么了……我在那儿待了多久？谁带我出去的？是什么时候？我全然不知，也没有人告诉我，小银……但当所有人谈论起这件事时都异口同声地说：

"没错，城堡中是曾经存在过那个场子来着，后来被大火烧掉了……那时候有许许多多斗牛士来到了莫格尔……"

◇ 第一百章 ◇

回声

这个地方太美了,总是有人要往这里来。猎人们从山里归来,每当走到这里,就一定会纷纷加快脚步登上土坎,这样一来,他们的视野就可以更广阔。据说,强盗帕拉莱斯在这个地区流窜作案时,就是在这儿过夜的。那些红色的山岩经常沐浴在初升太阳的光辉下;傍晚时分,有时不知道从哪里冒出来一头山羊的身影,出现在岩石上,正对着黄色的月亮。牧场上,有一处水塘,水面显得支离破碎,几块黄色、绿色和玫瑰色的天空倒映其中。这个水塘只有在八月份才会干涸,可是孩子们为了要玩砸青蛙的游戏或者只是为了要激起带响声的水花,他们就不断地朝水塘里投掷石子,以至于几乎把水塘都填满了。

在回家的路上,我让小银在一棵洋苏木树的旁边驻足停留。这棵树正好挡在牧场的入口处,看上去黑乎乎的，挂满了已经枯萎干瘪的刀子形的种子。我用双手在嘴边围成圆筒状，然后向着岩石高声喊道："小银啊！"

那些岩石毫不迟疑地回答道："小银啊！"它们的音调仿佛被周围的水软化了一般。

小银立刻转过身来，抬起了脑袋，警觉地侧耳谛听那回声，惊恐万状，甚至想要逃走。

"小银啊！"我又对着岩石喊了一声。

岩石又一次回答："小银啊！"

小银看了看我，又看了看那些岩石，随即它翻卷起上唇，对着天空发出一阵阵连续不断的狂吼声。

岩石拖长了声调和小银同时叫唤了起来，只不过叫唤声在收尾阶段比小银更悠长舒缓，而且音色略显含混。

小银又叫了一阵。

岩石也跟着叫了一阵。

于是小银的脸色变得阴沉起来，暴躁而狂乱地把头蹭着地面，一圈又一圈来回转着身体，想要挣脱开束缚它的缰绳，然后逃之夭夭，把我一人单独晾在现场。我只得用轻言细语好好哄着它，牵着它往回走，一直走到了仙人掌丛中，它的心绪才慢慢平复如初，只剩下它独自慢声细语地叫唤着。

◇ 第一百〇一章 ◇

虚惊一场

孩子们在吃饭。餐桌上铺着雪白的台布,灯芯燃起玫瑰色的火焰,发出色调柔和的光线,营造出一种梦幻般的感觉,四射的光焰映照着红色的海棠花、图画中草草画就的五颜六色的苹果,以及孩子们洋溢着童趣和天真的小脸蛋,灯光传递出一种充满青春活力的愉悦氛围。女孩子们吃饭的姿态显得一本正经,神态端庄宛如妇人;男孩子们则在一边旁若无人地高谈阔论着,像一群十足的男子汉。稍远处,一位容貌美丽的金发少妇袒露出丰满的胸脯正在给孩子哺乳,目光望着襁褓中的婴儿,脸上挂着柔柔的笑意。透过房间的窗户,可以窥视到花园上方清冷孤寂的夜空密布闪烁的点点寒星,愈加显得寂寥又凄冷。

突然,布兰卡"倏"地蹿进了妈妈的怀抱中,像一道细弱的闪电。一阵静默突如其来,紧接着椅子倾倒的凌乱响声以及一片嘈杂吼叫的鼎沸人声随之而来,顿时其他所有孩子全都学起她的样子来四处乱窜。与此同时,孩子们满怀惊恐地向窗户口望着。

  嗨,原来是小银这个傻瓜惹的祸呀!它那白色的大脑袋紧紧贴在窗前,由于玻璃和影子的作用,显得硕大无朋又面目狰狞。小银纹丝不动,它面带忧郁地望着屋内那光线明亮而又暖意融融的餐厅。

◇ 第一百○二章 ◇

古老的泉水

松林有着经年不褪的青绿色彩,在那里,它是如此的洁白;曙光中混杂着玫瑰色和天蓝色的色彩,在那里,它是如此的洁白。下午的天光中洋溢着金黄色和淡紫色,它依然是如此的洁白;夜间的暮色被点染上了墨绿和深蓝,它仍然是如此的洁白。啊!这古老的泉水啊!小银啊!我曾多少次来到这里,伫立良久,屏息凝视,似乎化成了一座石碑或者变成了一座坟墓。它包含着世界上传唱过的全部哀歌,世上的众多生命能真正感受到其中的深意。

我从泉水中,看见了帕特农神庙❶、金字塔和所有的教堂。每一眼泉水都堪称一座陵墓,都堪称雕梁画栋

---

❶ 帕特农神庙,古希腊遗迹,雅典卫城的主题建筑,雅典城邦守护神雅典娜的祭殿。

的廊柱,它让我无法安然入梦。其中的原委不难理解:这古老的泉眼异常美丽,常驻不衰,甚至在我打盹的时候都在不断变化着。

从泉水那里我定会纵览一切。当看到其他一切,又总会回想到那古老的泉水。它待在那里是多么恰如其分,它总是洋溢着恒久的和谐与端庄,用双手就几乎可以完全捧起它的色调与光彩,这一掬的色调和光彩即是它蕴含的全部。但它却是滋养着所有生命的源泉。它出现在勃克林❶描摹的希腊风光画上,它出现在路易斯修士书写的译文中,它赋予贝多芬痛苦忧伤的情绪以乐观精神,它将米开朗琪罗所开创的传统传递给罗丹。它是摇篮也是婚礼;它是歌曲也是律诗;它是现实,是快

---

❶ 勃克林,即阿诺德·勃克林(1827—1901),瑞士风景画家。

乐，也是死亡。

就在今夜，它死去了，小银，像一副大理石的身躯，安然躺在碧绿的树叶发出的喧闹声和长夜难明的黑暗之间。它死了，而从我灵魂深处，永不枯竭的泉水却正奔涌而出，无穷无尽。

◇ 第一百○三章 ◇

路

昨晚,树叶纷纷飘零落地,小银。树木仿佛颠倒了过来,树冠埋进地里,而树根的根须却昂然向上、直指天空,把自己扎进浩荡的青冥。你快看那棵白杨树,它看起来就像俄罗斯马戏团里表演杂耍的姑娘,她将一头像火焰一样的红头发在地毯上完全散开,然后将她美丽魅惑的纤纤细腿并举而起,因为腿上裹着带网眼的灰色长筒袜,所以显得格外颀长。

此时此刻,小银,我们身处金黄的落叶之间,小鸟们在光秃秃的树枝上将我们看得真真切切。这情形,就像春天来临,它们在绿叶之间纵情跳跃翻飞,我们把它们看得一清二楚一样。过去,树叶在上面吟唱着抒情歌剧的唱段。但如今,它们在地面变成了枯燥乏味的祈祷声,音调显得拖沓啰唆。

你看见了吗,小银,现在田野处处都被枯干的黄叶覆盖,等到下星期我们再次途经这里的时候,我敢断定连一片叶子你也将不能见到。我不知道它们已经消遁在何处,这应该是鸟儿早就对它们吐露过如何将这种美丽之处隐遁起来的隐秘吧。小银,你根本不可能这么做,而我也不可能……

◇ 第一百〇四章 ◇

松子

卖松子的姑娘,全身沐浴在灿烂的阳光里,沿着新街走来。她带着生的和烤熟了的松子。小银,我要去给我们两个买五分钱的烤松子来。

湛蓝无尘的白昼里,璀璨的金色光芒从天而降,十一月将冬季和夏季融合在了一起。炫目的阳光令人血脉贲张,血管膨胀暴起,圆滚滚的粗血管活像一条条蓝色的蚂蟥……从拉曼查来的卖布的货郎,肩扛灰色的包袱,从笼罩在一片安逸祥和氛围中的街上走过,用白灰粉刷的街道干净得纤尘不染;铜匠是从卢塞纳远道而来的,他的货郎担里装得满满当当的,里面的物件全都放着黄色的光,每一声叮当都好似闪烁着绚丽的阳光……从阿雷纳来的女孩子手挽着圆形的篮子,她侧着身子、靠着墙根慢条斯理地走着。她一边用手心里攥着的一块炭屑在粉墙上画着一条长长的黑线,一边用曳长了的声调忧郁地沿街叫卖:"烤松子嘞!"

站在门口的一对情侣一起大快朵颐,面带着热情的微笑,他们俩各自为对方挑选出最好的松子并相互交换着吃。孩子们在上学的路上,一路走,一路拿起石头并把松子放在门槛上砸着吃……我记得,当我还是个孩子的时候,冬日的下午,到阿罗约的马里亚诺的橘子园去,总会随身带上满满一包的烤松子。我随着也会带去一把专门用来剥开松子的折叠刀,大家伙儿全都对这把刀爱不释手。那把折叠刀的刀柄是用螺钿镶嵌装饰而成的,上面刻着鱼儿的模样,鱼儿那一双对称的小眼睛是用两颗红宝石做的,在宝石里面可以看到巴黎的埃菲尔铁塔……

烤松子会在唇齿之间留下无上的好滋好味!小银,它能够为你增添活力,带给你欢乐,在严寒季节里的阳光下,给你一种心地坦然的感觉,让你自己仿佛变成了一座永久留存的纪念雕像,就这样一路雄赳赳、气昂昂地走着,冬天裹紧身体的厚重衣服似乎失去了所有的分量,甚至还让你感觉自己孔武有力,因此有胆量上前跟莱昂或者看车的曼基托掰手腕,和他们较量一番去一争高下呢,小银……

◇ 第一百〇五章 ◇

逃亡路上的公牛

当我带着小银来到橘子园时,狮爪草上凝结而成的霜花还没有褪尽,幽深的峡谷被笼罩在一片阴影中,看上去一片惨白。太阳还没来得及给明净的青冥涂抹上灿烂的金色光彩,生长在小山丘上的橡树以及长相精巧玲珑的荆豆属灌木丛都如同画中仙境,好一派清朗通透的景象……有时候,一阵悠远而轻柔的嘈杂声响传入耳际,我举头仰望,原来是一大群椋鸟翱翔在天宇,它们不时变换着奇特的队形,正展翅向橄榄园飞来……

我鼓了下掌……随即有回声传入耳际……曼努埃尔!……但却没有人应答……突然,一种急促、粗声粗气然而却浑厚的嗓音传入耳畔……顿时,我的心狂跳起来,伴随着一种不祥的预感,于是,为了避险,我赶紧带着小银,隐身于一片无花果树的老林之中……

啊呀,原来是它信步走来。一头全身红色的公牛,应该算是一头带领牛群的"领头牛",它正发出"哞哞"的叫声,一路走来,心血来潮地东闻闻,西嗅嗅。等它攀爬上山冈并停下来的时候,它发出的那一阵急促而可怖的咆哮声,霎时在幽深的山谷之间震荡回响。咆哮声除了响彻山谷,还直达苍穹之顶。然而那些椋鸟,却毫不介意,在玫瑰色的天穹中继续展翅遨游。此时此刻,我剧烈的心跳声甚至盖过了鸟儿们叽叽喳喳的鸣叫声。

一大片尘土如同雾气一般蒸腾而起,东升的太阳已经变成了铜一样的颜色,公牛在龙舌兰之间向岗下穿行,它来到水井边,恣意痛饮了一番。然后带着勇士般的高傲神情和比雄浑的原野还要目空一切的气势,离开井口然后踱上山坡。被扯断的葡萄藤上的残茎剩芽挂在牛角上并悬垂下来。在明净耀眼的金色朝晖映照下,我带着贪婪的眼神,目送着这头公牛的身影慢慢消失,隐没在山冈的后面。

◇ 第一百〇六章 ◇

十一月的诗情

黄昏时分,小银从旷野中归来,整个背上驮着用来点燃炉火的松枝。大捆大捆蓬松的绿色枝条将它的身体遮掩得严严实实,几乎都看不见了。它快速迈着步伐,但是,急促的步子却迈得并不大,好像马戏团里走钢丝的小姑娘那样步态精妙纤巧,卖弄着技巧……它似乎并不是在行走,一对耳朵往下耷拉着,活像一只大大的蜗牛,正背负着自己沉重的壳。

绿色的树枝,展现出多么美丽的身姿,它们曾经亭亭玉立的姿容足以骄人,曾几何时,它们沐浴在阳光、月影和微风之中,也曾经慷慨大方地让红雀和乌鸦在上面栖息——小银啊,那种情形真令人不敢想象!——黄昏时分,那些树枝掉落进笼罩着条条小径的白色尘埃之中,着实可悲亦可怜。

一股紫色的寒气,轻轻柔柔地飘荡着,给周遭的一切都罩上了光晕。在已经向着十二月迈进的原野上，小银满载着松枝，外表略显柔弱，态度谦卑恭谨，像去年一样，好像要行走在前去朝觐的道路上一样……

○ 第一百〇七章 ○

白马

我回来的时候伤心欲绝,小银……你看呀:当我经过坐落在鲍尔塔达的弗洛雷斯街的时候,恰巧目睹有个聋人的白色母马奄奄一息,即将死去。一些几乎是衣不蔽体的女孩子默然无声地在那里围观。可巧的是,那条街也是当初那对孪生兄弟惨遭雷电劈死的地方。

路过那里的时候,女裁缝布丽达告诉我,聋人今天把他的母马带到屠宰场去了,因为聋人觉得他已经把这匹马喂养得够可以的了。你可知道,母马衰老得像胡里安先生一样迟钝老朽,既看不见又听不清,几乎连路也走不稳了……临到正午的时候,这匹母马居然又返回它主人的大门口。聋人火冒三丈,拿起棍子驱赶它,可是母马赖着不走,于是聋人就拿出镰刀来刺它。人们都围拢过来,在人们的咒骂和哄笑声中母马才逃走,它沿着街道往坡上逃跑,因为跛了脚,所以只能跌跌撞撞地逃跑。孩子们一边在母马身后攉着，一边投掷石块……最后，它终于栽倒在地，就在那里被众人结果了性命。有一种充满悲悯和同情的感情降临到这匹母马身上——让它安息吧——仿佛它、小银和我都在现场一样。母马倒在那里，像猛烈的暴风雨中的一只白色蝴蝶。

当我看见它的时候，那些石块还在，而它已经浑身僵硬冰冷，如同尸骨周围的石块一样。它的眼睛大睁着，那双眼睛在它还活着的时候是失明的。现在它死了，却仿佛能看见似的。这条黑漆漆的街上逐渐残存下的唯一亮色，无非就是它身上的白色而已。薄暮时分的天空显得孤寂而且寒气逼人，看上去愈发高远，上面密布着玫瑰色的纤云。

◇ 第一百〇八章 ◇

闹新婚

说心里话,小银,这真能把人给逗得乐不可支呀!太有趣了。卡米拉太太穿上了白色中透着玫瑰红的衣服,一手举起教鞭,一手拿起写着大字的卡片,正在给一头小猪上课。艾尔·萨塔纳斯就在边上,他一只手里拿着一个用来盛新鲜葡萄酒的酒囊,但酒囊里却空空如也;另一只手则探进老师的口袋,正在掏她的钱包。我想这几个小人偶是绰号"小公鸡"的贝贝和绰号"小信差"的孔查做的,为此他们从我家里的不知什么角落里,不惜工本地找出来好几件旧衣服。佩皮托·埃尔·雷特拉塔多穿着神父的服装,骑着一头黑色的驴子走在队伍的前头。后面跟着的是一大帮孩子,他们是来自恩梅狄奥街、富恩特街、小街、埃斯克里巴诺斯广场、佩德罗·特里奥大叔所住的那条街上的所有孩子。他们在满月映照下的街道上行走着,按照一定的节拍,无比协调一致地敲打着铁罐、铃铛、铁锅、铜盆、瓦壶以及带把手的炒锅。

你要知道,六十岁的卡米拉太太已经三度成为寡妇,而萨塔纳斯也是年迈的鳏夫,不过他只做了一次鳏夫,但是却何其幸运地在第七十个葡萄大丰收的季节尽情痛饮葡萄美酒。今天晚上真是应该到他们家关着的玻璃窗后面去偷听屋里的动静,或者干脆偷窥这对新郎和新娘的浪漫故事,那种罗曼史往往在图画上和骑士小说中出现。

小银,闹新婚场子要连续三天呢。然后,邻居中的每一位女士都要到小广场的祭坛那里去拿她们自己的物品。圣像前,灯光璀璨,酩酊大醉的人们在纵情狂舞。在接下来的几个晚上,孩子们肆无忌惮地嬉闹,最后,只剩下当头的一轮明月和爱情故事……

第一百〇九章

吉卜赛人

你看,小银,她在像铜一样颜色的太阳下沿街走来,她衣衫单薄,走起路来昂首挺胸,高视阔步,旁若无人地径直向坡下走去……一到冬季,她还会穿上带白色圆点的蓝色花边裙,系着黄色披巾,健康得像一株橡树,如今她依旧保持着她往昔岁月的美丽容颜,还是一如既往的那样端庄潇洒!她要去区政府提出诉求,强烈要求她们能获得在公墓后面的老地方继续让她们宿营过夜的权利。你还记忆犹新吧?那些可怜的吉卜赛人的破烂帐篷,那些篝火,还有散布在四周的那些俊俏女人和瘦骨嶙峋的驴子。

那些驴子,小银!弗里塞塔的那些驴子,尽管它们待在栏厩里,但是只要一听见吉卜赛人的动静,马上就吓得直打哆嗦!——我从来不必为小银担惊受怕,因为吉卜赛人如果要去圈养小银的栏厩,那么首先还得绕过半个村庄才行。此外,负责打更的伦赫尔无论是对我还是对小银,都极其友善——不过,为了逗一下乐,我打算吓唬它一下,于是我故意用装腔作势的语气说:"往里走,小银,进去呗!他们会来把你抓走的哦,我现在要锁门了!"

小银确信吉卜赛人不会将它拘系并偷走,因此慢悠悠地踱步进去,可是门在它身后猛地用力一关,发出了铁和玻璃相互撞击的声响。它立刻就惊得猛跳起来,然后穿过用大理石装饰的院子,并朝花园飞奔而去,最后像离弦的一支箭一样,窜进栏厩里去了。——唉,这个傻瓜仅仅跑了这么几步路,居然把绽放着蓝色花朵的牵牛花藤蔓踩得一片狼藉。

◇ 第一百一十章 ◇

火焰

你再把身子往前挪挪,小银,再过来一点吧……在这里你用不着讲什么规矩和客套,你就是挤在房东的身边,他也不会生气的,因为咱们大家伙儿都是情投意合的一路人。你也肯定明白他豢养的狗阿里是愿意亲近你的,至于我对你的疼爱,那就无须再强调了吧!小银!橘子园里一定冷得能让人瑟瑟发抖!听,拉波索在絮絮叨叨:"上帝保佑啊,但愿今晚别把橘子给糟蹋了!"

你喜欢这熊熊火苗吗,小银?我认为任何一个女子的赤裸躯体都无法和这火焰相提并论。大千世界包罗万象,但是也许其中没有什么事物能比这熊熊烈火更优越的了。在紧紧封闭起来的房子外面,暗夜显得分外孤寂落寞,在面向黑魆魆的浩瀚宇宙的窗口,小银,我们比原野本身更接近大自然!毫无疑问,火焰就是每家每户的宇宙，那通红的火焰就像是身上伤口处不断汩汩涌出的血液，给予我们所有鲜血的回忆，温暖着我们，使我们刚强。

小银，火焰是多么的美艳迷人啊！你看，阿里睁大了它那双水灵的眼睛，目不转睛地打量着火苗，似乎它自己也被点燃了。金光和飞速舞动的影子将我们紧紧环抱，因此我们被无边的欢乐包围着。整座房屋都在跳动，形状忽大忽小，活像俄罗斯民族的流畅翩跹的舞姿。多种多样奇妙迷人的影像幻化而出：树枝和鸟儿，狮子和水流，还有山冈和玫瑰花。你看呀，还有我们自身，漫不经心地在墙壁上、地板上和天花板上舞动飘荡。

啊！狂热至极！无尽的沉醉！幸福的巅峰！小银，在这里，爱情本身就像是无比崇高的死亡。

◇ 第一百一十一章 ◇

休养

在我疗养的屋子里,在昏黄的微弱灯光下,在柔软的地毯和墙上的帷幔之间,我能毫不费力地听到人们在夜色中走过的脚步声,驴子从田野中暮归的轻快蹄音,以及孩子们做游戏时的惊叫声。夜色如梦幻,点缀着星星,露水濡湿了夜晚。

我可以想见黑色驴子的大脑袋和孩子们可爱稚嫩的小脸蛋。驴子声声叫唤,好像在卖力伴奏,孩子们用银铃般的嗓音哼唱着清晰可辨的圣诞小曲,真是天籁之音。整个村庄被笼罩在烤栗子的烟雾、马厩的水蒸气和一种祥和安逸的家庭气氛之中……

我的灵魂像一股清流,四溢流淌,获得了净化,赢得了升华,又好像是一股圣洁的湍急水流,从我内心深处那被阴影覆盖着的岩缝里飞泻喷涌而出。啊,这让人能洁净身心的黄昏!充满着清纯澄澈、寒暑能亲密无间相伴的恒久时光!

  屋外的钟声响起,回荡在苍天之上的点点星辰之间,小银因此变得情绪振奋,在栏厩里鸣叫起来;就在这一刹那间,遥远的天庭似乎一下子变得近在眼前……我在孤独寂寞之中潸然泪下,就像那位浮士德……

◇ 第一百一十二章 ◇

衰老的驴子

……最后，它满身疲惫，羸弱不堪，
每走一步都要趔趄……
——民谣《阿尔卡伊德·德·洛斯·贝莱斯的灰色战马》

我不知道怎么才能离开这里，小银。谁把那头可怜的驴子丢在这里，无人理睬，无人怜惜？

它大概是从屠宰场跑出来的。我想它既听不见我们说话，也看不见我们的模样。你看它，整整一个早晨，都在围栏这里转悠。它身处白云之下，瘦骨嶙峋，像活动的岛礁，浑身布满苍蝇，可太阳却依旧在这个美丽的冬日挥洒着光芒。它所有的四条腿都不幸跛了，只能慢慢地在原地打转。因为摸不着方向，所以它折腾了一番，最终又重新回到了原来待的地方，只不过换了个方位,早晨的时候它面朝西方,而现在则是面对着东方。

这就是衰老后所面临的举步维艰的困境啊,小银!它是你可怜的朋友啊!虽然它有着自由身,但是它却不能自由走动,哪怕春天在向它一步步走来。难道它会像贝克尔一样,虽然仍站立着,但是实际上生命已然终结?老驴那静止不动的身形轮廓可以让某个孩子用画笔画在黄昏时的天空上。

看哪……我奋力推,可它纹丝不动;我拼命喊,它充耳不闻……痛苦似乎让它已经稳稳地落地生根了……

小银,在那高高耸立的围墙下面,今晚北风呼啸,它定会冻馁而死……我不知道该怎样从它身旁走开。我爱莫能助,小银……

第一百一十三章

黎 明

冬天清晨的脚步姗姗来迟,雄鸡的双眼一直在机敏地来回巡视,直到它看到黎明的朝霞送来的第一批玫瑰花。在雄鸡向玫瑰殷勤地发出亲切问候的时候,睡足了一夜好觉的小银也发出长长的嘶鸣声。天光已经大亮,并且从缝隙之中射进了我的卧室,能远远听见小银梦醒时分的初次嘶鸣声,这实在令人感到无比甜蜜!我身处凌乱的被褥中,渴慕着新的一天白昼的降临,思念着阳光。

我在想,如果小银不是在我这个诗人的手里得到万般呵护,也许它就会在那些卖炭者的驱使下,在夜间严霜冻结的寂静小道上,去偷窃山上的松枝;或者它会成为那些穿着破衣烂衫的吉卜赛人饲养的驴群中的一员,他们给驴子涂上各种颜色……这样驴子就不会掉队了。

小银又叫唤了起来。它会明白我在想它吗?会知道我在乎什么吗？旭日初升，在这令人感旧伤怀的时刻，对它的思念就像这黎明一样，令我感到万分欣慰。真要感谢上帝，它拥有一座温暖的栏厩，像一个摇篮，也像我对它浓浓的牵挂。

◇ 第一百一十四章 ◇

小花

献给我母亲

特蕾莎大婶辞别人世的时候，我母亲告诉我，她在临终前始终在喃喃自语，念叨着一种花的名字。小银，我不知道我是怎么会把它和我儿时梦中五颜六色的星星联系在一起的，但是我能确定，大婶在梦中呓语里所念叨的那种色彩纷呈的花，不是别的，正是马鞭草开出的花朵，那些玫瑰色、天蓝色、紫色的花朵。

我常常来到庭院的铁门前面，透过彩色玻璃去凝望太阳或月亮，此时太阳和月亮会变成蓝色或暗红色。正是只有在此时，我才能见到特蕾莎大婶。大婶总是斜倚在天蓝色的盆栽鲜花和白色的花坛旁。无论是在八月份午休时间的骄阳下，还是在九月份的风雨中，她总是以那种方式待着，自始至终，连头都懒得回一下瞧我——所以她的脸到底长什么样子，我感到我对她的印象不那么深刻了。

　　我母亲说，在特蕾莎大婶神志不清说着梦呓的时候，她叫着某个大家都不曾谋面的园丁的名字，小银。不管他姓甚名谁吧，极有可能，就是这位园丁曾经温柔地陪着她在遍地开着马鞭草花朵的小径上彳亍而行。在我的记忆中，她分明就是沿着这条小径向我走来的。对她的那份亲近感，始终留存在我固有的亲昵情感之中。尽管这一切都已处于我的内心世界之外，然而我依然分明看得见：在她走过的那条狭窄的小径两边，全部种上了那种小花，那种天蓝色的、玫瑰色的以及紫色的花朵，它们是花果园中四处飘零的向日葵和我儿时的夜空中倏忽即逝的流光的姐妹。

◦ 第一百一十五章 ◦

圣诞节

田野里的篝火,现在是平安夜的傍晚,太阳光变得微弱混沌,淡淡地涂抹在生冷阴沉的天上,本来应该是万里无云的湛蓝天空,此刻却泛出一种无以言表的黄光……突然,开始燃烧的绿色树枝迸发出一阵阵噼噼啪啪的声响;紧接着,一团团浓烟升起,宛如纯白的貂毛;最后,冒出了闪忽不定的火苗,火苗烧得正旺,把弥散在半空中的烟雾舔舐得一干二净。

哦,风中的火焰!粉色、黄色、淡紫色、蓝色的精灵钻进了低沉而隐秘的浩荡青冥,无法获知它们消失在何处,在凛冽的寒风之中有一股火热的气流溢出,使得当下十二月的原野充满了融融暖意!这是冬季的热情!令人兴高采烈的平安夜!

生长在邻近四周的灌木丛也在燃烧融化。透过炙热的空气,可以看出远方的景物似乎在颤抖,好像是徘徊不定的洁净的晶体。生活艰难的农家没有条件为节日置办什么东西，于是可怜的孩子们都围拢在篝火旁，好把冻僵的小手烤热，他们还把橡子和栗子扔进火里，顿时爆裂声就像枪声一样响个不停。

后来他们快活起来，在火堆旁跳着，唱着，夜色也被映得发红：

……走啊，玛丽亚，
走啊，约瑟……

我把小银也带来了，给孩子们增加了一个玩伴。

◇ 第一百一十六章 ◇

里贝拉街

我出生在这座大房子里,如今它变成了宪兵部队的营房。我小时候痴迷于这个简陋然而情致异常丰富的阳台,它是大师加菲亚设计的摩尔式风格,阳台上面还点缀着许多用玻璃制作的彩色星星!透过铁栅栏门,你可以看到后面庭院里生长的那些白色和淡紫色的丁香花。还有蓝色的一串串金钟花,在陈旧得已经发黑的木头栏杆上悬挂着。这些都是我儿时的快乐源泉。

小银,在弗洛雷斯街的这个角落里,到了下午,水手们穿着各样蓝色的衣服,三三两两聚集在这里,仿佛十月的田野中发生的情形。在我的记忆中,他们是巨人,由于习惯了航海,所以他们总是两腿分开站立。我可以从他们的双腿下方看见远处的河,熠熠闪光的水流和枯黄的河滩平行着,就像一缕缕的布条那样。一艘小船正沿着对面风景迷人的河岸缓缓漂流。暮色中,西方天空的云霞像一片片暗红的污渍……

后来,我父亲之所以搬家到新街,是因为水手们手里总是拿着折刀来来往往,又因为男孩们在夜里把所有的门灯和门铃都弄坏了,还因为街角那里总是风太大……

从凸起的窗户里面还可以眺望大海。我永远不会忘记那个夜晚,我们所有孩子都被吸引到窗口,在万般惊讶中,紧张地看着巴拉那边正在熊熊燃烧的英国船……

第一百一十七章

冬天

上帝在他的水晶宫里待着。我的意思是想说：天在下雨，小银。在下雨了。秋天最后剩余的花朵，还牢牢地在柔弱无力的枝条上攀缘着、悬吊着。花朵上缀满了晶莹剔透的钻石，每一颗钻石就构成了一个天空，就构成了一个水晶宫，因而分明就有一位神灵。你看这些玫瑰；那里面有另一朵水做的玫瑰，看见了吗？稍微摇动一下，一朵簇新鲜亮的玫瑰就会飘然落下，仿佛它的魂魄将枯萎，悠然悲戚，就像我的灵魂一样。

雨水和阳光一样，带来了无边的快乐，快看，要不然孩子们怎么会光着红红的结实小腿，在雨水中尽情狂奔呢？快看那些麻雀，它们闹哄哄地一窝蜂飞进常青藤深处，如同你的医生达尔朋说的那样，它们全都进了学堂。

下雨了。今天我们不去野外。今天这种日子适合冥想。看，屋顶上的雨水怎样顺着排水沟流淌。看，那棵金黄色中带点黑色的桂树怎样沐浴在雨水中。看，昨天孩子们遗留在草丛里的小船，现在又可以重新航行了。你看，在这微弱的阳光映照的瞬间，一道美丽的彩虹挂上天边，它那熹微的彩色光带起始于教堂上方的天空，最终在我们头顶的上方消失殆尽。

第一百一十八章

驴奶

十二月的早晨寂寥肃杀,人们快步前行,不住地咳嗽。狂风呼啸,送来了村子另一头敲响的钟声。七点钟,空车驶过……窗户上的铁栓发出震动声,把我吵醒了……难道是那个盲人又像往年一样,把他的母驴系在窗上?

兜售牛奶的女人们,要么抱着瓦罐和铁桶,要么用肚子顶着,在寒风中行色匆匆,叫卖她们白色的珍宝。而盲人从驴身上挤出的奶,是专门卖给得了感冒的那些人的。

毫无疑问,盲人因为失明,看不见他的母驴,否则的话,他就会发现他的母驴无时无刻不在走向更加危险的毁灭境地。母驴似乎也像它的主人一样看不见了……

一天下午,我和小银一起在阿尼玛斯峡谷中穿行,看见那个盲人在后面,左右开弓,用棍子连连狠命抽打那头可怜的驴子。那头驴子在草地上踽踽而行,几乎要瘫倒在湿漉漉的草地上。盲人手中的棍棒像雨点一样,除了落在驴子身上,还落在橘树上,落在水车上,落在空气中。要论恶毒的程度,这些棍棒还比不上他凶恶歹毒的叱骂。如果盲人的那些凶巴巴的咒骂声一旦凝固成物体,那么就连城堡中的坚固巨塔也足以被其彻底摧毁……

那头可怜的老母驴,为了避免怀孕,拯救自己的命运,就像俄南❶那样,将公驴的礼物丢弃在泥土里……尽管那盲人悲惨黯淡的生活难以有起色,可是他却出于维持自身生计的目的,一定要母驴站在那里再一次获得

---

❶ 俄南,《圣经》中的人物,因不愿与寡嫂生子,被耶和华杀死。

生育后代的机会,以便能产出甜美的药乳。这样,盲人就可以把小驴崽的口粮卖给那些老人,换取几文小钱,或者得到一句承诺。

　　苦难深重的母驴,被绑在窗户铁栏上正磨着牙,可怜巴巴的。充其量,母驴只不过是那些老头子、烟鬼、痨病鬼以及醉鬼的药房,那些人纯粹是为了能安稳度过一个完整的冬天……

第一百一十九章

纯洁之夜

繁星点点的蓝天,令人倍感愉悦。蓝天衬托着白色平顶屋的简洁轮廓。清爽而凛冽的北风刮起,凸显出寂寞的情调。

每个人都冻得不行,只得躲进密闭的房舍中并把身子蜷缩起来。我们呢,小银,你穿着你的皮毛,我披上我的毛毯,偕同我的灵魂,到清洁而孤寂的村中各处去慢慢散步。

一种内在的力量使我得以升华,似乎将我变成一座镶嵌有珠宝的石塔,银色的塔尖指向自由的浩荡青冥。你看,繁星如此之多,多得令人目眩心醉。浩瀚天空,可以说,就是一个孩子,他正向大地诵读着璀璨发光的玫瑰经文,为实现人们理想中的一切愿望而祈祷。

小银,小银!希望你和我一起奉献出全部生命,奉献给一月的夜晚,那独一无二的清冷、孤高而纯洁无瑕的夜。

◇ 第一百二十章 ◇

欧芹冠冕

让我们看看谁先到终点!

奖品是我刚刚收到的一本画册,是从维也纳寄来的。

"让我们看看谁先跑到紫罗兰那儿吧!……一……二……三!"

在金黄色的阳光下,在一阵欢快的叫喊声中,身穿白色和玫瑰红色衣裳的女孩们开始跑了起来。在寂静无声的刹那间,能听得出在她们各自似蓓蕾初绽的心中,小姑娘们在暗自较劲儿。村子里的钟楼上传出来缓慢的报时钟声。小山上的松林里,蚊子的嗡鸣声又细又弱,那边厢蓝色百合花盛开,山泉潺潺地流向水潭……当女孩们跑到第一棵橘子树前的时候,在那里正偷懒的小银被她们的游戏感染了,于是小银跟着她们也欢蹦乱跳地跑起来,可她们唯恐落于人后,因此甚至连提出抗议或者欢呼雀跃都无暇为之……

我对他们高喊:"小银要赢了!小银要赢了!"

果然,小银拔得头筹,首先到达紫罗兰那里,紧接着就在旁边的沙土地上打起滚来。

姑娘们上气不接下气地跟上来了,有的拽着袜子,有的揪着头发,纷纷提出抗议:

"不算!那不算!不能算!不能算!当然不能算!"

我告诉她们,小银赢得了这场比赛,应该以某种方式奖励它。但是小银不识字,因此画册可以留下来作为她们下次赛跑的奖品。不过这次小银也应得一个奖品。

她们明白画册将来归属她们无疑,因此都兴奋地涨红了脸,跳着说:

"是的!是的!是的!"

于是,我想起了自己的陈年往事。我想,小银应该因为勇气可嘉而获得最高奖赏,就如同我凭借自己的诗歌而得到奖励一样。我从门口女管家的篮子里取出一把欧芹,顺手做了一顶欧芹冠冕,然后放到小银的头顶上,好像给一位来自古希腊的斯巴达人加冕,以此来代表它获得了虽然转瞬即逝但却至高无上的荣耀。

◦ 第一百二十一章 ◦

三王节[1]

孩子们多么幸福啊,就在今晚,小银!让他们上床睡觉简直是不可能的。最后孩子们统统坚持不住了,因为瞌睡虫把他们全部打倒了。一个躺在扶手椅上,另一个躺在壁炉旁边的地上,布兰卡倚靠在矮矮的椅子中,贝贝则酣睡在窗台上,而且贝贝还用头死死顶住窗户的合页,以防三位博学的贤明之士从那里离开……现在,这生命外壳的内部世界,全都被包裹在一种奇异梦幻之中,仿佛成了一颗巨大、安适而健康的心脏。

晚饭前,我和大家一起上楼。如若在以往的夜晚,这段楼梯往往会令人胆怯心虚,可现在却完全是另外一

---

[1] 三王节,西班牙的儿童节。这一天父母要送未成年的子女礼物。这源自《圣经》上记载三位东方博士观星预测出将有救世主诞生,便带着礼物随着星星走到伯利恒,奉给刚降生的耶稣。

种感觉,现在沿着楼梯往上爬的时候,大家都禁不住发出阵阵欢声笑语。"我一点儿都不害怕这扇气窗。贝贝,你呢?"布兰卡一边说,一边用力紧紧握住我的手。我们脱下鞋子,然后把它们都堆放在阳台上的香橼木之间。现在,小银,让我们去梳妆打扮去。蒙特马约、小姑姑、玛丽亚·特蕾莎、洛利亚、佩里科,还有你和我,我们都要身披被单和毯子,并戴上旧帽子。十二点的时候,我们打扮完毕的一帮人,提着灯从孩子们的窗口经过,并敲打着铜钵,吹着喇叭和海螺,就是那个头最大的海螺。我和你一起走在队伍的前面,我戴上用白麻做的胡子,打扮成加斯帕尔;你则像身穿围裙一样,全身披上了一面哥伦比亚国旗,那国旗是从我担任领事职务的叔叔家里拿来的……孩子们听到动静后突然惊醒了,一个个穿着睡衣,用惊讶紧张的眼神,满腹狐疑地出现在玻璃窗后面,眼睑上还挂着他们残存的好梦。然后,他们又继续去编织拂晓前的梦境。第二天,等到日上三竿,日光照进窗棂的时候,他们全都敞着衣襟,登上阳台,成了拥有所有财富的主人。

去年我们都把肚子笑疼了。今天晚上,你等着瞧吧,我们要好好找找乐子,小银,我的小骆驼哟!

◇ 第一百二十二章 ◇

金山

今天的蒙都里奥日渐贫瘠，充其量，只不过是被那群挖沙子的人糟蹋得乌烟瘴气的红色山冈。但是从海上看起来，却好像是黄金打造的山峦。因此，罗马人就给它取了这个与众不同的响亮名字。途经这里去风车磨坊，要比打公墓那里经过来得近。那里到处都是历史遗迹，在葡萄园里，人们曾挖掘出骨头、钱币和大陶罐。

……哥伦布并没有给我带来多少愉快的回忆，小银。什么他在我家逗留过，什么他在圣塔克拉拉教堂领过圣餐，什么这棵棕榈树就是在他活着的年代种的，什么他在其他的地方也曾居住过……所有这些林林总总的说法没有什么可稀奇的，你应该懂得，他从美洲就只给我们带来过两样礼物。能让我感觉欣慰的，还只是那些躺在我脚下的罗马人。他们好像一坨充满活力的根须，他们用混凝土建筑而成的城堡固若金汤，什么十字镐也好,什么用力猛烈打击也好,都无法将城堡摧毁,甚至连弯曲的风向铁标都无法钉进去,小银……

我永远不会忘记那一天,尽管当时我还很小,但我那时就已经知道这个拉丁文名字了:Mons-Urium(金山)。蒙都里奥在我看来突然高贵了起来,强烈的怀乡情绪使我遇到一个令人愉快的欺骗伎俩,在这凄凉而又贫困的村庄周围萦回不已。我遭遇到的现在我有什么好羡慕的呢?如此古老的教堂和城堡遗存,能再一次令我为之魂牵梦绕吗?能使那对落日斜阳的浮想联翩在其上空翱翔吗?突然,我找到了莫格尔,仿佛我找到了传世宝藏。莫格尔就是用黄金造就的山峦,小银,无论是活着还是死了,你都应该感到快乐非常。

◇ 第一百二十三章 ◇

美酒

　　小银，我已经告诉过你，莫格尔的灵魂是面包。不对。莫格尔更像是一只厚实又透明的玻璃杯，一年到头都在蔚蓝的苍穹下，翘首等待着它那黄金般珍稀的美酒。到了九月，只要魔鬼不来给节日捣乱，那么这只杯子里的酒就会持续不停地涌上来，几乎要注满并向四处溢出来，确实显得和一颗慷慨大方的心一般无二。

　　到那时辰，整个村子就会弥漫着各种各样美酒的香气，酒的品质参差不齐，既有高档极品美酒，又有品质差强人意的劣酒。此外还有玻璃杯相互碰撞的声响。为了让这座白色透明的村庄高兴，绚烂的阳光竟然完全把自己奉献给这种美妙的液体，阳光心甘情愿地消融在这滋味丰腴醇厚的血液之中，而且无私馈赠，不求回报。在落日夕照出现时，每条街上的每户人家，就像一只只酒瓶子，在现实主义者胡安尼托·米格尔的酒柜上排列整齐,密不透风。

我记得透纳[1]的《懒泉》好像是全部用呈现柠檬黄色的新酒画成的。这样,莫格尔的美酒泉眼就如同它不断汩汩流出鲜血的伤口,和四月天的太阳一样,成了欢乐夹杂着悲哀的源泉。它在每年的春天冉冉升起,可是每一天都还要经历起起落落。

---

[1] 透纳,即约瑟夫·马洛德·威廉·透纳(1775—1851),英国画家,印象派代表人物。

◇ 第一百二十四章 ◇

寓言

从孩提时代起,小银,我就出自本能地厌恶寓言故事,就像对教堂、宪兵部队、斗牛士和手风琴一样,极为反感。在我看来,那些可怜巴巴的动物,居然代替寓言故事的作家在胡言乱语,就像自然历史课上使用的那些臭不可闻标本一样,令我心情不爽。对我来说,就像那一位患了感冒、面部皮肤像橘子皮的先生所形容的那样,它们所说的每一个字,像一颗玻璃做的眼球,或者像在人造的树枝上用来吊起翅膀的一截金属丝线。后来,当我在塞维利亚的韦尔瓦的时候,我看到过那些在马戏团里经受训练的动物,这段经历促使寓言故事、字帖,以及奖品等这些东西又都重新浮现于我的脑海中,尽管在我离开学校时,我把所有这些都遗留在学校里,并且早就把它们抛诸脑后了。总之,这恍如自己青春岁月里一场令人不快的噩梦即在眼前。

在我成年以后,小银,一位名叫让·德·拉封丹[1]的寓言作家居然在我和能说会道的动物之间调停并使得我们双方彼此握手言和了。你应该已经听我反反复复说过很多次了吧,拉封丹曾经写了一首诗,让我觉得这才真正传达出了乌鸦、鸽子以及山羊的真实声音、内心衷曲。但是我对其中最后的结语警句却记忆犹新,那是一条枯干的尾巴,是鹅毛笔最后落下的灰烬。

当然,小银,你不是寻常意义上的一头驴子,也不符合西班牙文化科学院编纂的词典中对驴子的定义。你是一头如同我所知道和了解的驴子。你具备你自己的话语,并非我所专属。就像我不掌握玫瑰的语言,玫瑰也

---

[1] 让·德·拉封丹(1621—1695),法国诗人,以《拉封丹寓言》闻名于世。

不知晓夜莺的语言一样。这样的话，你就大可不必忧心忡忡了，我永远不会让你在我的书里变成一个类似于寓言作家笔下的油嘴滑舌的英雄；永远不会用狐狸或金翅雀的声音编织成你的语言，然后用斜体字表现出辩护者冷酷而虚荣的道德观。我绝对不会的，小银……

◇ 第一百二十五章 ◇

狂欢节

小银,今天是多么美好啊!今天是狂欢节假期的第一天,孩子们都打扮成衣着光鲜漂亮的斗牛士、小丑和花花公子的模样。小银则驮起了摩尔人惯用的马具,穿戴起精美工巧的阿拉伯风格的盛装,这种服装完完全全用红色、绿色、白色和黄色的丝线刺绣而成。

今天的天气既有雨水,还有阳光,可是依然冷得出奇。下午,寒风四起,五颜六色的圆形纸片沿着人行道飞速地滚来滚去。带着假面具的人们被冻得瑟瑟发抖,因此他们纷纷随便拿个什么东西,做成口袋,捂住他们冻得青紫的双手。

当我们到达广场的时候,一群女人身穿疯子的奇装异服,刻意展示出疯子的打扮:白色的长袍加身,个个披散着蓬乱的黑发,脑门上顶着用绿色枝条编成的冠冕。这群嬉闹的人手拉着手,将小银围在中间,高兴地转起身子。

小银则犹豫不决，它竖着耳朵，抬起头，像一只被火团团包围住的蝎子，动弹不得。无奈之下，它紧张地向四处试探，试图溜之大吉。可是因为它体格太小，所以那些疯狂的女子根本不怕它跑掉。于是人们继续围着它载歌载舞，转圈嬉笑。孩子们看见它被俘虏了，就都学着驴叫，逗引它跟着一起嘶鸣。整个广场真是人声鼎沸，开起了一次规模不小的音乐会，有铜管乐、驴子叫、欢笑声、民歌小调、手鼓声、小铜钹声……

最后，小银像人一样下了决心，冲破了人们的包围圈，带着哭腔跑到我跟前，装饰豪华的鞍具也掉了下来。小银像我一样，对狂欢节没什么兴趣……我们俩对狂欢节上的这些玩法都不在行……

◇ 第一百二十六章 ◇

莱昂

我带着小银,沿着蒙哈斯广场上的那些石凳,慢悠悠地分别走在石凳两边。在这二月下午的温热天气里,大地一片寂静,洋溢着令人愉快的气息。医院的上空,黄昏已经来临,落日的黄金消融在紫色的霞光之中。我听见某人的脚步跟在我们后面,随后我猛一回头,结果我的目光恰巧迎面碰上了这句话:堂·胡安……原来是莱昂拍了我一下……

没错,正是莱昂本人。为了参加傍晚音乐会的演出,他已经准备停当,穿好了缝有小口袋的格子衫,浑身上下还洒了优质香水,脚蹬黑色漆皮外加白麻布面料的靴子,胸口插着绿色真丝手帕,腋下夹着一对锃光发亮的铜钹。

他拍了我一下,对我说,上帝把各种各样的东西赐给不同的人,比如您给报纸撰稿……至于他呢,幸亏有他的这副耳朵，所以他才能够……"您看看，堂·胡安，铜钹……最难的乐器……唯有这种乐器打起来不用乐谱……"如果他想用他的听觉使莫德斯多难堪的话，那么他就会在乐队演奏新曲之前，先吹起口哨来。"您看……每个人都有自己的才能……您给日报写文章……我比小银还结实……您摸摸这里。"

他向我展示了他那又老又秃的脑袋，在像卡斯蒂利亚高原一样的头顶中间，长着一块又老又干的老茧，硬邦邦的，像硬皮香瓜一样。这醒目的老茧是他辛勤劳作的明显标志。

他拍了我一下，跳了一步，又挤了一下麻子脸上的眼睛，吹着口哨走了，我不知道他吹的是什么进行曲，但毫无疑问这就是今晚要演奏的新曲。忽然他又返回身来，递给我一张名片，上面写着：

莱昂

莫格尔搬运工协会主席

第一百二十七章

风车磨坊

那时我觉得,小银,这个池塘是多么大啊!那座红色的沙丘也像罗马竞技场那样高啊!这水池里隐隐约约显现的松林倒影,难道就是日后我在梦境中时常魂牵梦绕的美丽形象?难道这就是我站在这个阳台上,在耳闻灿烂阳光下那美妙悦耳的交响乐的同时,曾经清清楚楚鸟瞰过的我一生之中的美丽全景吗?

是的,那些吉卜赛女子依然健在,她们对斗牛比赛的恐惧依然如故。和过去一样,在那里留下一个孤苦伶仃的人——抑或是另外一个完全相同的人?——是一个喝得烂醉如泥的该隐❶,在我们打他身边经过时,他嘴里嘀咕着一些毫无意义的话;他那只仅剩的独眼朝路

---

❶ 该隐,《圣经》中的人物,亚当、夏娃的长子,因杀死弟弟亚伯被上帝惩罚,是所有恶人的祖先。

边望去，看看是否有人过来……但是他的目光又瞬间被拉回……这是惨遭遗弃，同时也是寻求安慰。总之，既那么活生生，又那么苦兮兮！

小银，在他的眼神回转到自己身上以前，我觉得此情此景，我曾经在库尔培❶还有勃克林的画作上见过，这是我年幼时曾经万般迷恋的东西。

我总是想把那美妙的光影，那秋天里殷红的辉煌落日，那沙坑旁清澈透明的池塘里倒映的小松林，等等，等等，一股脑儿用画笔描绘出来……但现在只剩下一段用黄花和野草装饰起来的记忆了。

我在儿童时代美妙阳光下的点滴回忆，也许终将会

---

❶ 库尔培，即居斯塔夫·库尔贝（1819—1877），法国画家，写实主义美术的代表。

消失殆尽,如同一张丝光薄纸,在火焰旁边跃动着,熠熠生辉。

◊ 第一百二十八章 ◊

塔楼

不,你不能爬那座塔楼。你个头太大了。如果是塞维利亚的希拉尔达塔就好了!

我多么希望你能登上那塔楼啊!在那里,从钟楼的阳台上极目远眺,你可以看到村子里那些白色的平顶屋和上面修建的彩色玻璃顶棚,还有靛蓝色的花盆里怒放的花朵。然后再转到南面的阳台,就是上回因为悬吊大钟而撞坏了的那个阳台,从那里可以俯瞰城堡里的整个庭院,看到迪兹莫,还能看到海面上的潮汐景象,潮起又潮落。然后更上一层楼,就到了挂钟的位置了。从那里可以看到四个村庄,也可以看到一列列火车四通八达,去往塞维利亚、里奥廷托和维尔亨·德·拉·贝尼亚等地。然后你钻过遭雷劈而形成的铁栅栏上的缺口,还可以摸一摸圣胡安娜雕像的脚丫子。如果你将头伸出神龛的洞口,那么你就现身于灿烂的金色太阳光下,出现在被阳光照得耀眼的白色和蓝色的瓷砖中间。你这样子突然现身,会使得正在教堂广场上玩斗牛游戏的孩子们万分惊奇,紧接着他们因内心狂喜而发出的尖叫声定会飞向你的耳际。

唉,小银,你真可怜,你不得不放弃多少生活中的乐趣美事!你的生活是那么简单质朴,就像通向古老公墓的那条短短的小路一样。

◇ 第一百二十九章 ◇

沙贩子的驴

看哪,小银,克玛多的那些驴子显得麻木迟钝。它们驮着堆得尖尖的红色湿沙,更显得意志消沉,沙子堆里插着用来鞭打它们的绿色橄榄枝,就像插在它们的心头一样……

◇ 第一百三十章 ◇

小曲

你看,小银。它一面在花园中绕着圈子,一面翩翩飞舞,像马戏团里的小马驹那样绕着马戏场子足足兜了三圈,绕着花园转了三圈。它随后又越出围墙,恍若这一片甜美可人的光之海洋中独一的白色细浪飘荡过围墙。我设想,在那边,在那堵石灰墙之外,我似乎能依稀看到它在野生的玫瑰花丛之中飞翔的身影。你看她再一次来到这里,分明是两只蝴蝶,白色的是它,黑色的是它的影子。

小银,那种绝伦逸群的美,想要将美隐藏起来也是徒劳。就像你脸上的眼睛多么迷人,它是夜空中的繁星,是玫瑰,是蝴蝶,是花园中的泉水之源。

小银,你看,它飞翔的姿态多么优雅美好。她这样飞行,纯粹是为了自己快乐。就像我写诗,乃是因为诗歌是真正诗人的乐趣所在。它的一切都沉醉于飞翔之中,包括它的身体直至灵魂。我想说,在这个世界上,确切地说,在这座花园里,没有任何别的东西比这更加重要。

嘘,先别出声,小银……你看它,飞得这样雅致优美,飞得这样畅快淋漓!

◇ 第一百三十一章 ◇

辞别人世

我找到了小银,它躺在蓬松柔软的麦秸上,眼神悲伤哀戚。我走过去,抚摸着它,尽量和它说话,想让它站起来……

楚楚可怜的它,突然挪了下身体,可是一条前腿仍然不听使唤,跪在地上……站不起来……于是我帮它的腿伸直然后平放在地上,轻轻爱抚着它,同时叫人去请它的医生过来诊治。

老达尔朋看了一眼,他那牙齿都掉光了的大嘴霎时瘪了进去,嘴角几乎一直撇到后脑勺,皮肤通红的头紧紧贴在胸口,像钟摆一样左右摇晃,说:

"大事不妙啊,嗯?"

我不知道怎么回答他……病恹恹的小银何其不幸,就要离开我们了……没有什么……一点痛苦……不知什么草根含有致命毒素……在草地上,藤蔓间……

中午，小银就去世了。曾经如棉絮一般柔软的小肚子肿胀得像地球，毫无血色的四肢僵硬地伸向空中，身上的卷毛就像被虫子蛀过的破旧玩具娃娃的头发，只要用手一摸，就是一阵灰尘落下，传递出悲哀的意味……

栏厩里一片死寂，一只美丽的三色蝴蝶上下前后翻飞着，在从小窗射进来的绚丽阳光下飞来飞去，每次飞过，就会有一点亮色闪现出来……

◇ 第一百三十二章 ◇

怀念

小银,你在看着我们,对吧?

花果园里的水车在溪边输送着清凉怡人的河水时,是怎样喜不自胜,你一定在看;辛劳奔忙的蜜蜂在绿紫斑斓的迷迭香花丛中是怎样的嗡嗡纷飞,你一定在看;那小山丘在绚丽阳光下是不是闪耀着玫瑰色和金色的光彩,你也一定在看。对吧?小银。

小银,你在看着我们,对吧?

你在看浣衣女郎的那些小驴满身疲惫、一脸悲伤,一瘸一拐地行走在红色山坡上;你在看七彩通明的天空和广漠清净的大地到底有没有凄凉萧条的景象。是吗?

小银,你在看着我们,对吧?

你在看孩子们兴高采烈地奔跑在灌木丛之间,你在看一簇簇轻轻柔柔的花朵栖息在自己的枝头,仿佛一群慵懒不动的蝴蝶,浑身那纯洁的白色里无意间被淋上了点点胭脂红色。是吗？

小银，你在看着我们，对吧？

小银，你真的是在看着我们吗？是的，你是在看着我。我觉得我听到了，是的，没错，我听到了在西方的晴空下，在一片雾气迷蒙的葡萄园峡谷中，传来你轻柔而可爱的叫声……

○ 第一百三十三章 ○

小木驴

我把可怜的小银用过的鞍桥、辔头和缰绳放在小木驴身上,把它们都搬到大谷仓的角落里,那里存放着孩子们已经用不着的摇篮。谷仓宽敞,安静,阳光充足。从那里你可以看到莫格尔的整个田野:左边是红色的风车磨坊,正面是隐藏在松林后面的蒙特马约山和山中的白色教堂。教堂后面隐藏着毕尼亚的果园,西边的大海正在涨潮,海面上引人注目的是闪闪发光的潮水。

此刻正是孩子们的假期,孩子们去谷仓里玩。他们用东倒西歪的许多椅子搭成汽车,用涂成赭红色的报纸做成剧院、教堂、学校……

有时,他们骑上没有灵魂、没有生命的小木驴,忙乱地手脚并用,四肢不停地迅速挥动,动作灵活,引人发笑,孩子们在他们想象中的草地上奔跑着。

"驾,小银!驾,小银!"

○ 第一百三十四章 ○

忧郁

今天下午,我和孩子们一起去探访了小银的坟墓,坟墓就在松果园里那棵高耸入云、枝叶繁茂的圆松脚下。四月的大地一片湿润,因此它已经用大片洁白的大百合花,在坟墓四周做了装饰。

在以蓝色天顶为背景的圆松那绿色的树冠上,小鸟用花腔的华美声部大展歌喉,颤音婉转。小鸟发出欢声笑语,声音飘荡在下午和煦并被染上金色的空气里,好像少男少女情窦初开时的清新美梦。

可等孩子们一到,小鸟却立刻停止了鸣叫。它们神情严肃地站着,纹丝不动,它们明亮的眼睛映照在我的眼睛里,充满了重重疑问,好像正渴望我的解答。

"小银,我的朋友!"我对着大地说道,"我想,现在你毛茸茸的背脊上,正驮着小天使,走在天国中的草地上,也许早已经把我忘怀了吧?告诉我,小银啊,你还记得我吗?"

似乎是为了回答我的问题,一只我以前从未见过的白色小蝴蝶,像一个灵魂一样,一朵又一朵的百合花间流连忘返……

◇ 第一百三十五章 ◇

献给在莫格尔天上的小银

小银活泼敏捷，着实惹人喜爱。小银，你曾无数次偕同着我的灵魂——仅仅只是我的灵魂！——走在那些通幽的深巷曲径上，那些幽深的小路旁生长着众多的仙人掌、锦葵和金银花。如今把这本关于你的书献给你，你现在可以理解其中深意了。

到你的灵魂那里去吧，你的灵魂已经踏入了天堂。我们的灵魂，在途经莫格尔的美景之后，也会像你一样飞升上天。书本将要背负着我的灵魂，经过一丛又一丛绽放着花朵的黑莓，踏上升天之路。每一天都将变得更加美好，更加宁静，更加纯洁。

是的。我知道，在暮色开始降临的下午，在黄鹂和橘子树上的似锦繁花之间，我慢慢地走过寂静无声的橘子果园，来到爱抚你并使你长眠的松树底下。此时此刻，小银，你定会幸福地站在永恒的玫瑰原野上，注视着我伫立于百合花前,那些百合花是从你破碎凄凉的心中绽放出来的。

第一百三十六章
用硬纸板做的小银

　　一年前，小银，我这本为了纪念你而写的书的部分章节出现在人们眼前的时候，一位既是你的也是我的女性朋友，为我送来了这个用硬纸板做的小银。你在那里看到了吗？你看：它半灰半白，有一个黑红相间的嘴巴，一双眼睛大得出奇、黑得迷人，它的鞍桥上装饰有六只花盆，花盆里面盛满泥土，土中栽着用丝光薄纸做的花朵，有玫瑰色、白色和黄色，安放在一块靛青色木板上，木板下方装有四个做工粗糙的轮子。它一走动起来，脑袋就会随之摆动，那摇头晃脑的模样栩栩如生。

　　我想念着你，小银，我慢慢开始喜欢这个玩具小驴了。每个进入我书房的人，都微笑着对它打招呼说："小银。"如果有人不知道其中的原委，向我询问时，我就会回答道："这就是小银……"我已经叫惯了这个名字，现在我偶然孤身独处时，我觉得那就是真的你，所以我会对它投去怜爱的目光。

　　而你呢？人们的回忆却总是那么卑微！今天在我看来，这个硬纸板做的小银更像小银你自己了，小银啊……

1915年于马德里

第一百三十七章

献给在泥土里的小银

等一下,小银,让我来陪你,我们死在一起吧。我没有生活过。什么都没有发生过。你还活着,我和你还在一起……我单独一人前来。男孩们和女孩们已经长成成年男子和成年女子了。对于我们三者来说,毁灭绝对已经来临——你当然明白我指的是什么意思——我们站在它的荒漠之上,最合适的财富的主人:那必定是我们的内心。

我的心啊!希望他们两个的内心能够得到满足,就像我的心得到满足一样。但愿他们具备和我相同的想法。但是,不;最好不要这样想……这样在他们的记忆中,就不会留存由于我犯下的罪过、我的怯懦本性、我的莽撞行为等等而造成的悲哀。

我能够将这些事清清楚楚告诉你们,这是何等的喜乐!除你之外,没有更多别的人知晓!……要仔仔细细安排好自己的行动,目前的全部生活都将成为想象和回忆,目的是为了给宁静的未来留下往事,为了能有一朵紫罗兰那样大小和色彩的花朵,在静谧安宁的荫翳下散发出柔和的芳香。

你,小银,只有你已经属于过去。但是,除了让你活在永恒,像我活在这里;除了让你手里握着红得像永恒的神的心脏一样的,每一个黎明。除此之外,过去的岁月还能给你什么呢?

1916年于莫格尔

《小银和我》文学大事记

"小银"和它的粉丝们

余光中（作家、诗人、翻译家）

希梅内斯是著名的现代诗人，但他最受一般读者欢迎的，却是这本羽量级的绝妙小品《小银和我》。

三毛（作家）

这是一本叫人一读首篇就会哭的书。

严文井（儿童文学作家）

……西班牙诗人希梅内斯为它写了一百多首诗。每首都在哭泣，每首又都在微笑。而我却听见了一个深沉的悲歌，引起了深思。

邹静之（诗人，剧作家）

希梅内斯在莫格尔那个村子中的孤独让人觉出温暖，温暖得新鲜……他看到的美是我们一百双眼睛加在一起也看不到的，他孤独没有抱怨。他独往独来,自言自语。

孙仲旭(翻译家)

这是《麦田里的守望者》之外,我所读到的更敏感、更孤独、更伤感的书。

阎连科(作家)

这本书让我哐咚一声,豁然开朗,就像捡到了一块用水晶制作的窝头,看到了煤灰在宣纸上的佳话。

梁文道(媒体人)

孩子看这本书,能知道什么叫文学,能拥有同情心、平等心,能获得换一种角度看待日常生活的能力。

希梅内斯文学大事记

1900	出版诗集《紫罗兰的灵魂》《白睡莲》。
1902	出版诗集《诗韵集》《悲情咏叹调》。
1904	出版诗集《遥远的花园》。
1909	出版诗集《纯粹的挽歌》。
1910	出版诗集《温和的挽歌》《悲哀的挽歌》《春之组曲》。
1914	出版自传性散文诗集《小银和我》。
1917	出版诗集《一个新婚诗人的日记》。
1918	出版诗集《永恒》。
1919	出版诗集《石与空》。
1925	出版诗集《一致》。
1936	出版诗集《全集》。
1938	出版诗集《空间》。
1942	出版散文集《三个世界的西班牙人》。
1956	凭借《悲情咏叹调》获得诺贝尔文学奖。